거룩한 길

거룩한 길

초판 1쇄 인쇄 · 2024년 4월 15일
초판 1쇄 발행 · 2024년 4월 20일

지은이 · 박정선
펴낸이 · 김화정
펴낸곳 · 푸른생각

편집 · 지순이 | 교정 · 김수란, 노현정 | 마케팅 · 한정규
등록 · 제310-2004-00019호
주소 · 서울시 중구 충무로 29, 아시아미디어타워 502호
대표전화 · 02) 2268-8707
이메일 · prun21c@hanmail.net / prunsasang@naver.com
홈페이지 · http://www.prun21c.com

ISBN 979-11-92149-48-6   03810
값 16,900원

거룩한 길

박정선 장편소설

프스병

차례

명문가의 후계자 7

가문 정신 14

죽지 말고 살아서 싸우라 21

망명을 결심하다 40

나라를 빼앗기다 52

6형제의 선택 60

원세개의 도움 68

신흥무관학교를 세우다 78

험난한 만주 생활 87

가슴 아픈 이별 99

다시 선택의 기로에서 114

왕을 북경으로 모셔라 123

혼란스러운 임시정부 147

거룩한 길

마지막 정착지 상해 159

단칼에 치거라 170

거룩한 장례 188

에필로그 203

작가의 말 205
부록 1 이석영 가문의 계보 210
부록 2 귤산 이유원 연보 213
부록 3 영석 이석영 연보 216
부록 4 우당 이회영 연보 219

차례

명문가의 후계자

1885년 10월 3일 아침, 서울 정동에 있는 아흔아홉 칸 영의정 대감 댁이 아침부터 분주하다. 영의정 이유원 대감의 아들 이석영이 경기도 양주로 갈 준비를 하는 것이다. 옷 짓는 일을 하는 침선 어멈은 석영에게 새로 지은 물색 도포와 푸른색 전복을 입히고 허리에 자줏빛 술띠를 매어 주며 앞뒤로 차림새를 살폈다. 마구간에서는 하인들이 석영이 타고 갈 백마를 손질했다. 한 사람은 털을 곱게 빗질하고, 한 사람은 정성껏 말발굽을 닦아 윤이 나게 기름칠을 한 다음 새 편자를 박아 주고, 한 사람은 말 등에 안장을 얹었다.

석영은 새로 지은 옷을 잘 차려입고 곱게 빗질해 놓은 백마를 타고 집을 나섰다. 비서 노릇을 하는 집사 박경만이 하인들을 데리고 석영의 뒤를 따랐다. 선비 '유(儒)' 자에 빛날 '휘(輝)' 자를 이름으로 가진 백마 유휘는 서울을 벗어나자 눈부시도록 하얀 털을 자랑하며 기분 좋게 양주 땅을 달리기 시작한다. 양주는 산세가 깊고 공기가 맑아 말을 타고 달리기에 가장 좋은 곳이다. 그래서 왕이나 벼슬 높은 고관대작들이 즐겨 찾는 곳이다.

울긋불긋 단풍이 든 산속을 석영이 탄 백마와 경만과 하인들이 탄 누런 말이 경주를 하듯 힘차게 달린다. 그렇게 두어 시간을 달려 깊은 산을 벗어나자 벼가 황금빛으로 익어 가는 들녘이 펼쳐졌다. 지평선이 아득하도록 끝이 없는 들녘은 모두 영의정 대감의 땅이다. 일행은 계속 황금빛 들녘을 가로지르며 쉬지 않고 달렸다. 양주 고을 화도읍이 보이기 시작했다. 그쯤에서 일행은 말의 속력을 줄였다. 천천히 마을을 향해 가면서 경만이 유휘를 살피더니 화들짝 기뻐한다.

"나으리, 유휘도 오늘은 기분이 무척 좋은가 봅니다. 꼬리를 한 뼘이나 들어 올렸지 뭡니까."

"그래? 좀처럼 꼬리를 들지 않는 성미인데."

"맞습니다. 이 녀석은 유휘라는 이름처럼 자기가 정말 선비인 줄 아는지 여간해서는 꼬리를 들지 않으니까요. 영의정 대감마님께서 너무 아껴 준 탓이지 뭡니까."

경만의 말대로 유휘는 영의정 대감이 무척 아끼는 말인데 올봄에 석영에게 선물로 주었다. 경만이 유휘가 기특하여 목덜미를 쓰다듬어 주자 고개를 돌린다.

"유휘가 나으리의 칭찬을 받고 싶은가 봅니다. 내가 만져 주는 건 싫다며 고개를 돌린 것 보셔요."

"유휘, 내 너를 귀히 여기느니라. 알겠느냐?"

석영이 유휘를 쓰다듬으며 칭찬을 해 주자, 유희는 고개를 앞으로 숙여 크릉, 크릉, 콧소리를 냈다. 기분이 좋다는 뜻이다.

일행은 영의정 대감의 또 다른 집, 별가(별장)가 있는 화도마을 물안 골로 접어들었다. 별가로 접어드는 길이 무척 길게 뻗어 있다. 길을 따라 한참을 가자 아름답게 조각된 연꽃무늬 담장이 시작되었다. 담장 중간쯤에 높다란 솟을대문이 자리 잡고 있다. 석영은 대문 앞에서 말을 멈추었다.

대문 위에는 조선의 왕 고종께서 친히 써 주신 '귤산 가오실'이라는 글이 새겨진 현판이 붙어 있다. '귤산'은 영의정 대감의 호이고 '가오 실'은 아름다운 집이라는 뜻이다. 가오실도 서울 정동 집처럼 수십 칸 넓은 집이다. 그리고 아름다운 집이라는 이름답게 아름다운 꽃과 나무들이 가득하다. 영의정 대감이 나무와 꽃 가꾸기를 무척 좋아했기 때문이다.

대문이 활짝 열려 있고, 아름다운 집 가오실은 혼례를 치르는 날처럼 잔칫집으로 변해 있다. 경만이 마당에 대고 큰 소리로 외쳤다.

"영석(석영의 호) 나으리께서 당도하셨습니다!"

경만의 외침을 듣고 미리 대기하고 있던 하인들과 마을 사람들이 마당 양편으로 줄지어 섰다. 문중 어른들도 석영을 맞이하기 위해 미리 마당까지 나와 있었다. 석영은 며칠 전 나라에서 가장 뛰어난 인재를 뽑는 과거시험 증광시 문과에 급제했으므로 영의정 대감이 크게 잔치를 벌이는 것이다.

서울 정동 집에서 잔치를 하지 않고 양주 가오실에서 잔치를 하는 것은 두 가지 이유가 있다. 가장 큰 이유는 양주에 조상들의 묘가 있는 선산이 있고 가오실에는 조상님들 제사를 모시는 사당이 있기 때문이다. 또 한 가지 이유는 양주고을 사람들에게 잘생기고 똑똑한 아들을 자랑하고 싶어서인데, 석영은 영의정 대감이 낳은 아들이 아니라 몇 달 전에 새로 얻은 아들이다.

석영은 올해 1월, 왕의 명령에 따라 영의정 대감의 양자가 되었다. 영의정 대감에게는 아들이 하나 있었지만 3년 전에 병으로 죽고 말았으므로 가문의 대를 이을 양자를 찾아야 했다. 양자는 가까운 친척이나 문중 가운데서 골라 들이는데, 영의정 대감은 10촌 간인 이조판서 이유승 대감의 둘째 아들 이석영이 마음에 쏙 들었다. 이유승 대감에게는 건영, 석영, 철영, 회영, 시영, 호영 등 아들이 6형제이고, 올해 31세인 석영은 탐이 나도록 용모가 뛰어나고 학문이 뛰어나고 인품이 훌륭했기 때문이다.

그런데 아무리 영의정이라 하더라도, 석영의 친아버지는 정2품 판서인 데다, 이미 장성한 아들을 달라고 하기가 쉬운 일이 아니었다. 영의정 대감은 여러 가지로 고민하던 끝에 고종에게 도움을 청하는 상소를 올렸다. 그리고 영의정 대감을 무척 좋아하는 고종은 당장 이유승 판서에게 전교를 내렸다.

"이조판서 이유승의 둘째 아들 이석영을 영의정 이유원의 양자로 삼는 것을 허락하노라."

누구든 왕의 명령은 거역할 수 없었다. 이조판서 이유승 대감은 왕명에 따라 둘째 아들 석영을 영의정 대감에게 보내 주었다. 이런 일로 영의정 대감이 이유승 판서의 둘째 아들이 탐이 나 빼앗아 갔다는 소

거룩한 길

문이 널리 퍼져 나갔다. 그러나 사람들은 전국에서 다섯 손가락 안에 드는 큰 부자 영의정 대감의 후계자가 된 석영을 몹시 부러워했다.

마치 해가 떠오르는 것처럼 훤하게 잘생긴 석영이 대문 안으로 들어서자 마당이 일시에 웅성거렸다.

"아무리 지체 높은 댁 자손이라지만 어쩌면 저렇게도 잘생기셨을까!"

"옥으로 빚어 놓은 것만 같네그려!"

"영의정 대감이 욕심이나 빼앗아 왔다는 말이 맞구만."

"백마 타고 하늘에서 내려오신 왕자님 같지 않은가."

"그렇지 않아도 오늘 백마 타고 오셨다네."

마을 여자들이 쉬지 않고 소곤거렸다. 어떤 남자는 "영의정 대감마님께서 우리 양주고을 사람들에게 인정을 베푸시니 저런 아드님을 얻으신 것이지요."라고 큰 소리로 외쳤다.

마을 사람들의 찬사를 들으며 석영은 영의정 대감과 정경부인이 기다리고 있는 안채로 들어가 큰절을 올렸다.

"어서 오너라!"

석영을 맞이한 노부부의 얼굴에 함박꽃 같은 미소가 번졌다. 인사가 끝나자 영의정 대감과 문중 어른들이 석영을 데리고 조상님들을 모셔 놓은 사당으로 갔다. 사당에는 경주 이씨 가문의 백사공파 9대조 백사 이항복을 비롯하여 이세필, 이세구, 이태좌, 이종악, 이광좌, 이종성, 이경일, 이석규, 이계조의 위패가 차례대로 모셔져 있었다. 영의정 대감은 조상님들께 아들의 과거 급제에 대한 감사를 드리면서 석영의 앞날을 빌었다.

"백사 할아버님을 위시하여 여러 할아버님들께서 석영으로 하여 저의 뒤를 잇게 하여 주신 것만 해도 감사함 이루 말할 수가 없사온데, 과거 급제의 은덕까지 베풀어 주셨으니 그 은혜가 뼛속을 타고 흐르나이다. 이제 석영에게 벼슬길을 열어 주셨으니 장차 훌륭한 인물이 되어 가문을 빛내고, 나라에 충성하게 하여 주웁소서. 무엇보다도 나라를 위하여 몸 바치신 백사 할아버님의 애국 충정을 따르는 귀한 후손이 되도록 보살펴 주시옵기를 간절히 비나이다."

머리를 숙이고 영의정 대감이 비는 소리를 듣고 있던 석영은 어깨가 무거웠다. 사당에 모셔 놓은 할아버지들은 모두 나라에서 제일 높은 벼슬인 영의정이 된 분들인 탓이었다. 그분들 가운데 가장 윗분인 백사 이항복 할아버지는 그야말로 임진왜란 때 나라를 구한 분이었다. 석영은 위대한 조상님들 앞에서 양아버지와 조상님들의 기대에 어긋나지 않는 후손이 되겠다고 마음속으로 굳게 다짐했다.

나이 일흔한 살에 새 아들을 맞이한 영의정 대감은 석영을 바라볼 때마다 기쁨을 감추지 못했다. 그래서 늘 함께 앉아 이야기하기를 좋아했다. 그럴 때면 두 사람은 아버지와 아들이라기보다는 스승과 제자 같기도 하고, 뜻이 통하는 동지 같기도 했다. 대감은 아들과 이야기를 할 때마다 양주 천마산 계곡에 있는 절 '보광사'와 정자 '청간정'을 찾아가거나, 한강변에 있는 또 다른 정자 '천일정'이나 남산에 있는 정자

거룩한 길

'홍엽정'을 찾아다녔다. 보광사와 세 개 정자는 모두 대감의 것이다. 세 곳 모두 경관이 뛰어나 글을 읽는 선비라면 누구든지 한 번쯤 가 보고 싶어 하는 곳이다.

천마산에 자리 잡고 있는 보광사와 정자 천강정은 사철 계곡에서 물 흐르는 소리와 새들이 지저귀는 소리가 그치지 않고, 한강변의 천일정은 백사 이항복 할아버지가 지은 정자로 유유히 흐르는 한강을 바라보고 있어 글자 그대로 '하늘 아래 오직 하나'라는 이름값을 하는 곳이다. 그리고 붉은 단풍나무가 아름다워 홍엽정이라고 이름 지은 남산의 홍엽정도 백사 이항복 할아버지가 세운 정자인데 서울을 한눈에 내려볼 수 있어 나랏일을 생각할 때면 늘 찾는 곳이다.

그렇게 경치 좋은 절과 정자를 찾아다니며 아들과 함께 이야기하기를 좋아한 영의정 대감은 보면 볼수록 아들이 마음에 들어 어느 날 석영에게 "내가 너를 빼앗았다는 소문, 너도 들었을 줄 안다. 소문대로 너를 얻는 일 쉽지 않았느니라."라고 하며 석영을 자랑스러워했다.

가문 정신

영의정 대감이 조상님들께 소원을 빈 대로 석영의 관직은 비 온 뒤 대나무 순이 자라듯 쑥쑥 거침없이 올라갔다. 석영은 과거 급제를 한 뒤 정9품 예문관 검열을 거쳐 홍문록에 추천되었고, 홍문관 수찬과 중추검열을 거친 다음 승정원의 정6품 승지 대리가 되었다. 남보다 세 배나 빠른 승진이었다. 그런 과정은 이유원 대감과 옛날 이항복 할아버지와 흡사했다.

"벼슬의 시작은 나를 닮았지만 너는 백사 할아버님처럼 홍문록의 가장 어려운 '권점'까지 거쳤으니 나보다 한 수 위니라."

대감이 아들을 칭찬한 것은 당연했다. 대감이 말한 대로 석영은 홍문록에 이름이 두 차례나 올랐기 때문이다. 홍문원에서 만드는 관리 후보자 명단을 '홍문록'이라 하고, 홍문원 관리들이 유력한 후보 이름에 비밀 투표로 점을 찍는 것을 '권점'이라고 하는데 홍문록 권점에 이름이 오르는 것은 조정 관료로 진출하는 신진 사대부들에게 부러움을 사는 일이었다.

더욱이 나라의 학문 기관인 예문관과 홍문관의 관리는 가장 신중하고 엄격하게 권점제를 통해 뽑았다. 예문관은 역사와 왕의 명령을 기록하는 중요한 기관인 탓이었다. 석영은 어려운 관문을 통과한 만큼 출세가 보장되어 있었다.

과거 급제 3년 차에 이번에는 정3품 우부승지가 되었다. 승정원에는 도승지, 좌승지, 우승지, 좌부승지, 우부승지, 동부승지 등 여섯 승지가 있는데 승지는 조정 회의에 참석하여 왕이 앉아 있는 대청마루인 '당상'에 앉을 수 있어 '당상관'이라고 불렀다. 머리에 쓴 망건에 한 점 티 없는 옥으로 만든 관자(망건에 달아 상투를 동여매는 끈을 꿰는 단추 모양의 고리)를 붙일 수 있는 것도 당상관부터였다. 당상관이 되었을 때 석영은 34세가 되었다.

새 아들과 이야기하기를 좋아하는 대감은 어느 날 석영을 데리고 들로 나갔다. 대감은 자신이 소유한 땅, 끝없이 펼쳐진 넓은 들을 바라보며 석영에게 물었다.

"너는 우리 가문의 정신이 무엇이라고 생각하느냐?"

석영은 느닷없는 질문에 잠시 당황했지만 어김없이 백사 할아버지를 떠올렸다. 백사 이항복은 임진왜란 때 일본에게 서울까지 빼앗기고 압록강을 건너 중국으로 가려던 왕을 가로막으며 명나라에 도움을 청해야 한다고 간곡히 아뢰어 나라를 구하는 데 큰 공을 세운 인물이었다. 그리고 광해군이 계모 인목대비를 왕비의 자리에서 폐위하려고 하자 그래서는 안 된다고 왕에게 상소를 올렸다가 귀양살이를 떠나 그곳에서 죽었다. 석영은 이항복 할아버지의 의로운 선택을 떠올리며 한 치 망설임 없이 '선택'이라고 대답했다.

"나라가 어려움에 처했을 때 가장 힘든 선택을 하는 것이 우리 가문의 정신이라고 생각합니다."

"나라가 어려울 때 가장 힘든 선택이라고 했느냐?"

"그것이야말로 가문의 명예다운 명예라고 생각합니다."

"네가 백사 할아버님의 혼을 골수에 새겼구나. 그래, 나라가 어려울 때 명문가는 마땅히 어려운 선택을 해야 하는 것이 백사 할아버지께서 물려주신 우리 가문의 정신이니라."

대감은 백사 할아버지처럼 나라가 어려움을 당했을 때 목숨까지도 버릴 줄 알아야 한다는 뜻으로 말했고, 석영은 그 뜻을 알아들었다.

"저 들을 보거라."

대감은 끝없이 펼쳐져 있는 들을 가리켰다. 일 년에 벼 4만 가마니를 거둬들이는 땅은 어디서부터 어디까지가 경계인지 알 수가 없었다. 끝없이 아득한 지평선만 보일 뿐이었다.

"너도 알다시피 이 넓은 들에는 백사 할아버님의 혼이 깃들어 있느니라."

임진왜란이 끝나고 선조 임금이 백사 이항복의 공을 높이 사 이곳 땅 얼마를 내려 주었고 그걸 바탕으로 후손들이 수백 년 동안 늘려 온 땅이란 것은 경주 이씨 백사공파 사람들은 누구나 잘 알고 있었다.

"앞으로 내가 죽고 나면 이 땅은 모두 네 것이 될 텐데, 더 늘려 갈 셈이냐?"

대감은 무척 신중하게 묻고 석영은 대답 대신 질문을 했다.

"백사 할아버님께서는 후손들이 땅을 늘려 가기를 원하셨을까요?"

"그러셨을 것이다."

"왜 그렇게 생각하시는지요?"

"백사 할아버님께서는 임진왜란 때 땅이 곧 힘이라는 걸 뼈저리게 느끼셨으니 아마도 그랬을 것이다. 전쟁의 승패를 좌우하는 것도 군량미가 아니더냐."

"그렇다면 아버님께서도 제가 땅을 더 늘려 가기를 원하시는지요?"

대감은 잠시 침묵한 끝에 무겁게 입을 열었다.

"너의 시대는 땅을 늘리는 게 아니라, 사용하게 될 것 같구나."

"무슨 말씀이신지 알아들을 수가 없습니다."

"언젠가는 이 땅이 백사 할아버님의 이름답게 사용될 것이라는 뜻이다."

"장차 우리가 짊어져야 할 사명이 있다는 말씀이신지요?"

"역시 내가 사람 보는 눈이 있구나."

대감은 자신이 생각했던 대로 석영이 올바른 생각을 갖고 있다는 것을 알고 무척 흐뭇해했다.

석영은 벼슬이 날로 올라가 이조참의, 예조참의를 거쳐 이번에는 승정원의 동부승지가 되었다. 이조참의, 예조참의, 동부승지는 모두 급수가 똑같은 정3품 벼슬이지만 이렇게 두루 벼슬을 거치는 것은 폭넓은 정치를 할 수 있는 실력을 기르는 과정으로 곧 정2품 도승지나 판

서로 올라가는 길이었다.

그런데 영의정 대감은 하루하루 건강이 나빠지기 시작했다. 더욱이 대감은 책을 쓰느라 밤새워 잠을 자지 않고 과로한 탓에 병이 자꾸 악화되었다. 석영이 서울에서 제일가는 의원을 불러들여 보살폈음에도 차도가 없었다. 소식을 들은 고종이 왕실의 어의와 탕제와 함께 "영의정은 하루속히 병을 털고 일어나 나에게 얼굴을 보여 주어야 하오."라는 글도 함께 보내 주었지만 소용이 없었다. 대감은 하루하루 숨쉬기조차 힘들었다.

석영은 동생 회영을 불렀다. 회영은 석영보다 열두 살이나 아래인 22세였는데, 미국에서 들어온 선교사들과 가까이 지내면서 서양 학문과 문물에 눈을 뜨고 있었다. 그때 우리나라에는 미국 의사 선교사들이 들어와 사람들 병을 고쳐주면서 예수를 믿으라며 선교를 하고 있었다. 그래서 제동에는 의사 알렌이 광혜원을 열었고 정동에는 스크랜턴이 정동병원을 열었다. 회영은 정동병원에서 일하는 소년 전덕기를 알게 되면서 스크랜턴과도 친하게 지내고 있었다.

석영은 그때까지도 서양의 문물을 선뜻 받아들이지 못한 조선 귀족이었지만 대감이 위중해지자 회영에게 서양 의사를 데려오도록 부탁했다.

"서양 의사를 데려올 수 있겠느냐?"

"예, 형님, 당장 스크랜턴을 데려오겠습니다."

회영이 서둘러 스크랜턴을 데리고 왔다. 스크랜턴은 대감이 콩팥병과 심장병이 있는데 치료 시기를 놓쳤다고 했다. 약을 주면서 생명이 그리 오래가지 못할 것이라고 했다. 대감은 스크랜턴이 준 약을 먹고 쓰던 책을 마무리할 수 있었다. 그러나 스크랜턴이 말한 대로 소변을 보지 못하게 되면서 죽음이 다가오고 있었다.

"나는 조상님들 은덕으로 너 같은 아들을 얻었으니 이제 죽어도 한이 없다만, 나라가 걱정이구나. 일본이 호시탐탐 노리고 있으니 말이다."

대감은 우리나라가 일본과 '강화도조약'(1876)을 맺을 때 왕의 권한을 대신하는 전권대사로 일본과 마주 앉았던 인물이었다. 강화도조약은 일본의 강압에 못 이겨 맺어진 강제 조약이었으므로 대감은 일본을 항상 경계하고 있었다. 일본과 맺은 조약은 또 있었다.

강화도조약이 맺어지고 6년 만에 우리나라 구식 군인들이 난을 일으켰다. 그해가 임오년이라 '임오군란'(1882)이라고 했다. 우리나라에는 새로 만든 별기군이라는 신식 군대가 있고 구식 군대가 있었는데 구식 군인들은 한 달에 쌀 네 말씩을 받았다. 조정에서는 신식 군인들에게는 특별 대우를 해 주면서 구식 군인들에게 매달 주는 쌀을 13개월 동안이나 주지 않았다. 그러다가 한 달 치를 주었는데 그것도 절반은 겨와 모래였다. 구식 군인들은 분노를 참지 못해 신식 군대를 훈련시키는 일본 교관들을 때려눕히고 일본 공사관을 습격했다. 일본 공사관은 강화도조약을 맺을 때 일본이 우리나라를 간섭하기 위해 설치한 기관이었다. 일본 공사관을 습격한 구식 군인들은 다시 대궐로 몰려가 나라를 좌지우지하는 왕비(민비)를 찾았다.

겁이 난 왕비는 청나라에 도움을 요청했다. 청나라에서 4천 명이나 되는 군인을 보내 구식 군인들이 벌인 난을 제압해 주었다. 그러자 일본은 군인 1천 5백 명을 우리나라에 보내 일본 공사관을 습격한 것을 배상하라면서 다시 조약을 맺자고 했다. 그렇게 해서 다시 '제물포조약'(1882)을 맺었다. 이때도 영의정 대감이 전권대사로 임무를 수행했다. 조약을 맺을 때마다 일본은 우리나라에 군대를 보내 나라를 빼앗을 발판을 놓았고 대감은 누구보다도 그들의 계략을 잘 알고 있었다.

"머지않아 나라에 큰 어려움이 닥쳐올 것이다. 너는 백사 할아버님의 애국 충정을 잊어서는 안 되느니라. 일본을 항상 경계해야 한다."

1888년 10월, 그날도 가을이 한창인데 이유원 대감은 마지막 말을 마친 다음 75세로 숨을 거두었다. 석영을 아들로 맞아들인 지 2년 7개월 만이었다. 대감은 이제 조상들과 나란히 경주 이씨 백사공파 가문의 열 번째 영의정을 지낸 인물로 사당에 올랐다.

석영은 아버지가 돌아가셨으므로 3년 동안 관직에 나갈 수가 없었다. 조선 시대는 부모가 돌아가시면 자식은 하던 일을 그만두고 3년 동안 부모의 묘를 돌보면서 죄인처럼 살아야 했다. 석영은 3년 동안 양주 선산에 묻힌 대감의 묘를 정성을 다해 돌보면서 양아버지의 명복을 빌었다.

석영이 영의정 대감을 아버지로 모신 세월은 짧았지만 서로 나눈 이야기는 백 년이나 된 듯했다. 사람은 얼마나 긴 시간을 함께 살았느냐가 중요한 게 아니라, 얼마나 많은 이야기를 나누었는지, 얼마나 뜻깊은 이야기를 나누었는지, 그게 더 중요하기 때문이었다.

죽지 말고 살아서 싸우라

석영은 양아버지의 3년 상을 치른 다음 다시 조정으로 돌아가 관직 생활을 시작했다. 그리고 몇 년 후 첫아들을 얻었다. 지금까지 자식이 생기지 않아 큰 걱정이었는데, 42세에 마침내 아들이 태어난 것이다. 그때 당시 42세면 남들은 손자를 볼 나이였다. 석영은 가문의 관례에 따라 본가의 조카들처럼 '규' 자 돌림을 따 아이 이름을 '규준'이라고 지었다.

그런데 나라는 영의정 대감이 염려했던 대로 흘러갔다. 임오군란이 일어난 후 12년 만에 또다시 난이 일어났다. 이번에는 농민들이 난을 일으켰다. 농민들이 땀 흘려 농사지은 쌀과 콩이 대부분 일본으로 빠져나갔다. 나라의 관리들은 관리들대로 여러 가지 이유를 만들어 곡식을 마구 빼앗아 갔다. 조정에서는 농민들이 낼 세금을 크게 올렸다. 그리고 대궐에서는 왕비가 큰돈을 들여 날마다 굿을 한다는 소문이 퍼졌다. 이모저모로 다 빼앗긴 농민들은 굶어 죽으나 싸우다 죽으나 죽기는 마찬가지라며 난을 일으킨 것이었다.

농민들이 난을 일으키자 왕비는 또다시 청나라에 군대를 보내 달라고 요청했다. 청나라는 이번에도 군사 2천 명을 보내주었다. 일본도 가만히 있지 않았다. 일본은 우리나라와 일본을 오가면서 장사를 하는 일본 사람들을 보호한다는 핑계로 군사 5천 명을 보냈다. 청나라 군사들과 일본 군사를 합해 7천 명이 우리나라로 몰려온 것이었다. 난을 일으킨 농민들은 7천 명이나 되는 외국 군대를 보자 지레 겁이나 스스로 흩어지고 말았다.

그런데 청나라군과 일본군은 자기네 나라로 돌아가지 않고 우리나라에서 전쟁을 벌이기 시작했다. 서로 우리나라를 자기네 나라에 이익이 되도록 이용하려는 것이었다. 이것을 청일전쟁(1894)이라고 불렀다. 전쟁이 일어나자 청나라군과 일본군이 더욱 불어나 4만 명에 이른 군사들이 우리나라를 마구 짓밟았다. 이 전쟁이 1년 동안 계속된 끝에 일본이 대승을 거두었다.

전쟁에서 이긴 일본 군인들이 서울 거리를 마음껏 휘젓고 다니면서 사람을 함부로 해쳤다. 대낮에도 젊은 여자들을 성폭행하고는 죽이는가 하면, 길가는 사람들이 쳐다보기만 해도 총을 쏘거나 칼을 휘둘러 죽였다. 그렇게 마음대로 총칼을 휘두르며 사람을 해치던 일본은 결국 왕비까지 시해하고 말았다.

이때 고종은 러시아 공사관으로 피신해 있다가 1년 만에 왕비가 죽임을 당한 경복궁으로 가지 않고 덕수궁으로 돌아왔다. 그리고 나라의 위신을 살리기 위해 왕을 황제로 바꾸고 나라 이름도 '조선'에서 '대한

거룩한 길

제국'으로 바꾸었다.

일본은 러시아와 전쟁(러일전쟁)을 해 또다시 대승을 거두었다. 조선에서 러시아를 제거해 버린 일본은 조선을 통째로 차지할 작전을 시작했다. 이토 히로부미가 서울에 나타났다(1905.11). 러일전쟁이 끝나기가 무섭게 일본 천황이 보낸 '대특사'가 서울에 입성했다는 기사가 이토의 사진과 함께 신문에 대서특필되었다.

회영은 황급히 동지들을 소집했다. 참찬 이상설, 외부 교섭국장 이시영, 이동녕, 양기탁, 장유순 등이 상동교회로 달려왔다. 이상설은 성균관 관장에서 의정부 참찬으로 자리를 옮겨 앉았고 회영의 동생 이시영은 사헌부 사간원을 거쳐 외부 교섭국장에 올라 있었다. 회영은 동지들과 의논 끝에 다시 정동 석영의 집으로 달려갔다.

"형님, 이토가 전권대사로 왔다면 이번에야말로 큰일을 벌일 게 분명합니다."

회영이 석영을 향해 불안한 목소리로 말했다.

"러일 강화조약에서 러시아로부터 조선의 관할권을 인정받았으니 충분히 그럴 것이다."

묵묵히 듣고 있던 석영의 머릿속에 "장차 나라에 큰일이 닥칠 것"이라 했던 양부 이유원 대감의 유언과 이토가 겹쳤다. 이토가 누구던가, 유럽을 본떠 일본 헌법을 만든 사람으로 일본 국민들이 대일본제국의 아버지로 추앙하는 인물이었다. 이토는 일본 초대 총리대신을 지냈고, 천황의 자문 기관인 추밀원의 최고 원로 신분인 추밀원 원장 자리에 앉아 천황을 보호하고 있었다. 그래서 형식상 일본 천황이 특사로 파견한 것처럼 왔지만 사실은 이토가 알아서 조선에 대한 계획을 세우고 내한한 것이었다. 모인 사람들이 저마다 한마디씩 했다.

"이토가 온 것은 예삿일이 아닙니다."

"틀림없이 조약을 요구할 것인데."

"만약 이번에 또다시 조약을 요구한다면 그야말로 나라가 절단 날 수도 있을 것입니다."

"조약 따위를 하지 못하도록 서둘러 대책을 세워야 해요."

"무슨 일이 있어도 사전에 막아야 해요. 외부대신 박제순 대감을 만나 단단히 일러 두는 것이 좋을 듯합니다."

"지금 그럴 시간이 없다. 서둘러 민영환을 부르거라."

잠자코 듣고 있던 석영이 급하게 말했다.

"형님 말씀대로 먼저 민영환을 불러 숙의하는 것이 급선무인 것 같습니다."

민영환은 형조판서 출신으로 고종을 보필하고 있는 시종무관장(비서실장)이었다. 곧 민영환이 석영의 집으로 달려와 동지들과 함께 머리를 맞댔다.

"그렇지 않아도 동지들을 만나려고 했습니다."

민영환 역시 동지들과 같은 생각을 하고 있었다.

"폐하께서는 어떤가? 이토 특사의 내한에 대해서 말이네."

"폐하께서는 경천동지할 일을 너무 많이 겪은 탓인지 그저 잠잠하실 뿐입니다. 문제는 아관파천 대신들이지요. 황제의 권한을 그들이 쥐고 있다는 생각이 들 때가 한두 번이 아닙니다."

"그래도 폐하께서는 여전히 그들을 신뢰하고 있지 않은가. 특히 이완용을."

"그렇습니다. 폐하께서 종종 '이 대신의 공을 잊으면 사람이 아니지'라고 말씀하신 것으로 봐서는 아직도 아관파천 때 일을 잊지 못하신 것 같습니다."

"그러니, 민 공이 폐하께 이토의 요구에 응해서는 안 된다는 것을 잘 말씀드려야 하네."

"물론입니다. 문제는 대신들입니다. 앞으로 대신들이 어떻게 처신하느냐에 따라 이토의 목적이 좌우될 것입니다."

민영환의 마지막 말은 의미심장했다. 이완용은 고종을 러시아 공사관으로 모실 때는 친러였지만 러일전쟁에서 러시아가 패하자 재빨리 친일로 돌아섰고 민영환은 그것을 걱정한 것이었다. 민영환은 고종이 친일로 돌아선 이완용을 당해 내지 못한다는 것을 잘 알고 있었다.

외교 조약에 능통한 이토는 이미 고종과 고종의 측근으로 알려진 대신들의 마음을 꿰뚫고 있었다. 러일전쟁 초입 '한일의정서'를 체결했을 때, 고종은 조약에 불만을 품고 있었다. 한일의정서는 황제의 권한을 박탈하는 조약이기 때문이었다. 그때 이토는 황제가 품고 있는 불만을 불식시키기 위해 왕실을 방문하여 고종과 독대한 적이 있었다.

"지금 우리 조정 대신들은 짐이 국정에 관여하지 못하도록 하고 있소. 그들은 일의 대소사를 막론하고 모두 짐에게 결재를 받기는 하지만 짐은 단지 그들이 하자는 대로 하는 것 외에는 권한이 없는 실정이라는 말이오. 만약 짐이 그들에게 고쳐야 할 것을 지적하면 그들은 거침없이 짐을 핍박하면서 비난하기를 서슴지 않고, 매사에 반대 주장만 하고 있어요.”

“그건 걱정할 일이 아닙니다. 국정의 일이란 내각회의를 거쳐 실행되는 것입니다. 내각의 대신들은 폐하로부터 위임을 받았기 때문이지요. 그렇더라도 폐하께서 조약문을 보시고 수정해야 할 필요가 있다고 판단될 때는 다시 지시하여 의논하게 할 수가 있습니다. 그러나 폐하께서는 신료들에게 권한을 부여하였으니 내각을 믿고 내각 회의를 거친 것을 받아들이셔야 합니다.”

고종은 한일의정서가 자신의 의지대로 만들어진 것이 아니라 내각 대신들이 만들었다는 불만을 말한 것이었지만 이토는 고종을 위로하는 척하면서 내각에게 모든 것을 맡겼으면 그들이 하는 대로 따르는 것이 옳다는 것을 강조했다. 이토가 대신들을 두둔한 것은 앞으로도 그들과 해야 할 일이 많기 때문이었다.

이토는 서울에 도착하기가 무섭게 고종에게 일본 천황의 친서를 전달했다. 동양 평화와 대한제국의 안전을 위해 양국이 서로 친선과 협력을 더욱 굳건히 해야 한다는 내용이었다. 한마디로 줄이면 일본은 조선을 보호해 주어야 한다는 것이었다. 이토는 그날은 그 정도로 인사만 하고 돌아갔다가 다음 날 다시 고종을 만나러 왔을 때는 미리 만들어 온 조약문을 고종에게 내밀었다.

“이런 문제는 우리 외부와 일본 공사가 미리 교섭해야 하고 또 내각에서 협의하여 짐에게 재가를 받는 것이 절차이거늘, 어찌 그런 절차도 없이 이런 걸 짐에게 내민단 말이오?'

"물론입니다. 그러나 이번 경우는 사정이 다릅니다."

"사정이라니, 그게 무엇이오?"

"우리 대일본제국은 일러 강화조약을 통해 동양 평화를 영구히 유지해야 할 막중한 의무를 지게 되었습니다. 즉 대한제국을 확실히 보호한다는 조건을 한시바삐 이행해야 하는 과제를 안고 있다는 말씀입니다. 실은 이런 절차 없이 바로 처리할 수도 있습니다. 그러나 폐하를 존중하는 의미에서 우리 천황께서 큰 은혜를 베풀어 주신 것입니다."

"조약문을 보면 우리나라 외교권을 일본이 갖겠다는 것인데, 이래도 된단 말인가."

"염려할 것 없습니다. 우리는 오로지 동양 평화와 대한제국 황실의 안전과 존엄을 지켜 드리고 싶을 뿐입니다. 지금처럼 폐하께서는 대한제국의 황제로서 나라를 다스리시면 되는 것입니다. 다만 앞으로 외세를 끌어들이거나 그들과 손잡고 평화를 해치는 일은 삼가야 합니다."

고종은 이토의 설명을 들으면서 무슨 말을 해야 할지 모른 채 혼란한 상태이고, 이토는 지난해에 한일의정서를 두고 왕과 이야기를 나누었을 때를 생각하고 있었다. 그때 고종의 말은 비록 한일의정서에 대한 불만을 우회적으로 항의하는 것이었지만 내각 대신들이 고종을 누르고 있다는 것을 눈치챘다. 그러니까 고종은 이미 허수아비일 뿐 내각 대신들이 정권을 쥐고 국사를 좌지우지한다는 것을 알아차린 것이었다.

고종은 민영환으로부터 절대로 이토가 하자는 대로 해서는 안 된다는 말을 들었지만 이토 앞에서 꼼짝할 수가 없었다.

이토는 계속 고종을 몰아붙였다.

"외교권을 우리 일본이 관리한다는 것은 앞으로 대한제국이 동양에 전쟁이 일어날 수 있는 원인을 만들 수 있는 위험이 있기 때문입니다."

"그럼 조약문을 변경하시오."

"이 조약은 우리 대일본제국에서 확정한 것이니 변경할 수가 없거니와 만약 거부한다면 대한제국은 곤란한 처지에 빠지게 될 것입니다."

"그럼 절차대로 하시오. 외부대신 박제순과 일본 공사 하야시가 이 문제를 가지고 먼저 교섭을 해야 하고, 그다음 내각 신료들이 심사숙고하여 결정할 것이오."

"그렇다면 폐하께서는 내각이 어떤 결정을 하든 그들 결정에 따르시겠다는 말씀입니까?"

"그렇소, 내각의 결정에 짐은 따를 것이오."

"대한제국은 군주국으로서 내각 결정보다는 군주의 결정이 절대적인 것으로 알고 있습니다."

고종은 잠시 말이 없었다. 이토 말대로 군주로서 모든 결정은 군주가 하면 그만이었다. 그런데 이번은 한일의정서와 많이 달랐다. 외교권을 내주는 일이었다. 외교권을 내준다는 것은 나라를 고립시키는 일이었다. 어떻게 해야 좋을지 자신이 없었다. 일단 내각으로 넘겨주면 내각에서 현명한 결정을 할 것이라고 생각했다. 더욱이 미국 공사까지 지낸 영명한 이완용이 있었다. 그의 지혜를 믿고 싶었다. 그런데 이토

거룩한 길

는 이토대로 고종이 내각으로 문제를 떠넘겨 버린다는 것을 알고 집요하게 그 점을 확답받으려고 했다.

"황제의 절대적인 결정권이 있음에도 그걸 무시하고, 내각 결정에 따르시겠다는 말씀입니까?"

"그렇소. 내각에서 현명한 판단을 할 것이오."

고종은 그쯤에서 피곤을 느끼며 빨리 이토와 말을 끝내고 싶었다. 일단 내각으로 넘겨준 다음, 내각에서 결정하면 그때 가서 생각하기로 하고 이토를 물렸다.

그날 밤, 이토는 서둘러 내각 대신들을 숙소로 불러들였다. 학부대신 이완용, 참정대신 한규설, 내부대신 이지용, 법부대신 이하영, 농상공부대신 권중현, 군부대신 이근택, 탁지부대신 민영기 등이 이토의 숙소로 모였다. 그 시간 한편에서는 외부대신 박제순이 일본 공사 하야시와 조약 문제를 협의하고 있었다. 박제순을 제외하고 내각 대신들이 다 모이자 이토가 입을 열었다.

"내가 급히 조선에 온 목적을 제군들은 이미 다 알고 있으리라 믿소."

제군? 느닷없이 제군이라는 호칭에 대신들이 황당함을 감추지 못했다. 이토는 대신들을 부하 취급을 하면서 처음부터 기를 죽여 나갔다. 잠시 침묵이 흘렀다.

"제군이라는 말은 여기 모인 대신들에게 하시는 말씀입니까?"

참정대신 한규설이 이토를 향해 물었다. 분위기가 싸늘하게 얼어붙고 말았다. 이완용이 기침을 했다. 이완용에 이어 이지용도 기침을 했다. 두 사람의 기침이 분위기를 조금 녹였을 때 이토가 다시 입을 열었다.

"제군들은 황제로부터 조약 문제에 대하여 명령을 받은 적이 있는가?"

이토는 거침없이 반말을 했다.

"들었소이다. 그러나 외교의 형식은 지켜야 하는 줄 압니다."

이번에도 한규설이 말했다. 이토가 한규설을 쏘아보며 본격적으로 꾸짖기 시작했다.

"제군들은 금세 우리 일본의 은혜를 잊었단 말인가! 일찍이 청나라의 속국인 조선을 우리 일본이 일청전쟁 승리로 구해 주었다. 또 러시아의 속국이 될 것을 이번에는 일러전쟁에서 이겨 막아 주었다. 전쟁으로 소모된 우리 일본의 피해는 조선 두 개를 팔아도 갚지 못할 것이야. 너희들이 이번 조약을 거부한다고 해서 우리 일본이 그냥 넘어갈 수 있겠는가. 러시아를 무너뜨린 일본이 과연 무슨 일을 할지 상상을 해 보란 말이야."

마치 스승에게 잘못을 저지른 제자들처럼 대신들은 고개를 숙인 채 꾸지람을 들으며 입도 벙긋하지 못했다. 잠잠한 가운데 법부대신 이하영이 입을 열었다.

"각하의 말씀은 지당하십니다. 우리가 오늘날 이만큼 독립된 것을 어찌 잊을 수가 있겠습니까. 그런데 안타깝게도 잠시 잊은 대신들이 있다면 지금 각하 앞에서 반성해야 할 줄 압니다."

거룩한 길

이하영은 이완용과 함께 초대 주미 공사관으로 일한 경력을 갖고 있었다. 또 일본 주재 공사를 지내면서 오래전부터 일본의 사냥개 노릇을 하고 있었다. 이하영의 말이 끝나자 누군가 길게 한숨을 내뱉었지만 입은 열지 않았다. 다시 잠잠한 가운데 이번에는 이완용이 말을 이었다.

"일본이 조선 문제 때문에 두 번씩이나 큰 전쟁을 치렀다는 것은 삼척동자도 다 아는 사실이오. 이제는 러시아까지 격파했으니 일본이 조선에서 무슨 일을 해도 지나침이 없다 할 것이오. 그러함에도 일본 천황 폐하와 일본 정부가 우리와 타협하여 일을 처리하려고 하니, 우리로서는 그저 감사할 따름이오. 더욱이 오늘날 동아 형세를 볼 때 이토 대사의 제안에 따르는 것이 마땅한 일이고, 그것이 우리 정부가 취할 도리가 아니겠소."

이하영에 이어 이완용이 말을 마치고 나자 이토가 흐뭇한 표정을 지으며 대신을 둘러봤다. 모두 고개를 숙인 채 정말 반성하는 것 같은 표정을 하고 있었다. 이토는 이완용을 향해 미소를 지었다. 고맙다는 표시였다. 이토는 이하영이 일본 주재 공사로 있을 때 만나봤으므로 어떤 인물이라는 것을 잘 알고 있었지만 이완용은 새로운 존재였다. 이토는 사실 이완용이 친러파로서 아관파천을 주도했다는 정보를 이미 갖고 있었으므로 놀람과 감탄은 더욱 큰 것이었다. 이토는 그날 사람들이 돌아간 다음 이완용에게 전화를 걸어 칭찬을 했다

"오늘 이 공의 용기와 깊은 생각에 매우 놀랐소. 이 공은 조선이라는 작은 나라에서 살기엔 너무 아까운 인물이오. 앞으로 나와 함께 조선

을 큰 나라로 만드는 데 그 능력을 마음껏 발휘해 주기 바라오."

　다음 날 보호조약을 타결하기 위해 일본 공사관으로 내각 대신들이 모였다. 일본 측은 일본 공사 하야시 한 사람만 참석했다. 이미 일은 끝난 거나 마찬가지였지만 형식상 절차를 밟는 것이었다. 하야시가 조약문을 읽는 것으로 회의가 시작되었다. 조약문은 모두 4개 조항으로 꾸민 것이었다.

　　첫째 지금부터 일본은 대한제국의 외국 관계와 사무를 감독 지휘할 것이며 일본의 외교 대표와 영사는 외국에 있는 대한제국의 관리와 백성과 그 이익을 보호한다.
　　둘째, 일본은 대한제국과 다른 나라 사이에 맺은 조약의 실행을 완전히 책임질 것이며 대한제국은 이후부터 일본의 중개를 거치지 않고는 외국과 어떤 조약이나 약속을 할 수 없다.
　　셋째, 일본은 대한제국 황제 아래 한 명의 통감을 두며 통감은 전적으로 외교에 관한 사항을 관리하기 위해 서울에 주재하면서 직접 대한제국 황제를 만날 권리를 가진다. 일본은 대한제국의 각 개항장과 기타 일본이 필요하다고 생각되는 곳에 이사관을 둘 권리를 가진다. 이사관은 통감의 지휘 아래 지금까지의 일본 영사에게 속해 온 모든 직권을 행사한다. 아울러 이 협약의 조항을 완전히 실행하는 데 필요한 모든 사무를 맡아서 처리한다.
　　넷째, 일본과 대한제국 사이에 현존하는 조약과 약속은 이 협약의 조항에 저촉되는 것을 제외하고 모두 그 효력이 계속되는 것으로 한다.

조약문을 다 읽은 하야시는 대신들을 둘러보며 조약문에 대하여 의견을 말해 보라고 했다. 대신들은 전날 밤 이토의 숙소에 모였을 때 이미 조약문을 봤으므로 조약문 내용을 다 알고 있었다.

대신들은 누구도 선뜻 말을 꺼내지 못하다가 농상공부대신 권중현이 입을 열었다.

"우리는 아직 외부(외교부)에서 내각에 제의한 것을 접수하지 못했으니 당장 이렇다 저렇다 말할 수 있는 문제가 아닙니다."

"뭣이오? 당신들이 지금 서양이나 대일본제국 같은 입헌국을 따라 하자는 것이오? 당신들 나라는 황제가 모든 것을 결정하는 군국주의 나라라는 것을 잊었느냔 말이오. 내가 알기로는 황제 폐하와 이토 각하 두 분이 이미 결정한 일이오."

하야시는 이토로부터 황제가 내각이 결정한 대로 따르기로 했고 내각도 협조할 것이라고 들었으므로 당장 왕을 불러다 대면이라도 시킬 것처럼 펄쩍 뛰었다.

다음 날, 대신들은 모두 어전으로 몰려가 회의를 열었다. 이번에는 이완용이 먼저 입을 열었다.

"이제 문제를 결정해야 할 처지에 와 있습니다. 여기 모인 저희들의 힘으로 이 문제를 어찌 막아 낼 수가 있겠는지요. 폐하께서 넓으신 도량으로 이 문제를 허락하신다면, 그에 대하여 저희들이 미리 대책을 세워야 할 줄 압니다."

'넓으신 도량으로 허락하신다면'이라고 한 말은 황제가 허락할 수밖에 없다는 의미였다. 그러니 자기네들은 후속 대책이나 세워야 한다는 것이었다. 다른 대신들은 이완용이 하는 말에 감히 의견을 말하지 못했다. 회의를 이끌어가는 이완용이 다시 입을 열었다.

"조약을 받아들이게 된다면 몇 곳 수정할 것을 의논해야 할 것입니다."

"학부대신 말이 옳습니다. 폐하."

이번에는 이지용이 이완용의 말을 찬성하고 나섰다.

"그럼, 조약문을 살펴보고 그렇게 하시오."

왕은 그 말을 남기고는 어전을 떠나 버렸다. 대신들은 조약문 가운데 외교권을 언제까지 일본이 가질 것인지를 따져야 하고, 황실의 존엄과 안녕에 조금도 손상을 주어서는 안 된다는 말을 추가하여 넣어야 한다고 했다.

이때 이토는 조선 주둔군 하세가와 대장과 일본군 헌병 사령관, 군 사령부 부관 등을 대동하고 어전회의장으로 들어왔다. 밖에서는 중무장한 일본군이 궁 안팎을 겹겹이 에워싸고 있었다. 어전에는 한규설, 박제순, 민영기, 이하영, 이완용, 권중현, 이지용 등 일곱 대신이 모여 있었다. 이토는 왕이 이미 퇴장하고 없다는 것을 알고, 속으로 회심의 미소를 지었다. 이제 대신들만 윽박지르면 문제는 해결되는 것이었다. 이토는 마지막 담판을 짓기 위해 대신들을 차례대로 의견을 물었다. 대신들이 함부로 말을 하지 못한 채 우왕좌왕하자 이완용이 이번에도 찬성 쪽으로 상황을 이끌어 나갔다.

이토는 대신들을 심문하듯 차례대로 의견을 물은 다음, 반대하는 사람은 참정대신 한규설과 탁지부대신 민영기 두 사람뿐이라고 왕에게 전갈을 보내며 조약을 어서 조인해 줄 것을 독촉했다. 일이 그쯤 되자 한규설은 눈물을 흘리며 밖으로 뛰쳐 나갔다가 실신하고 말았다. 한규설은 어전 밖에 쓰러져 있고, 어전에서는 나머지 사람들이 조약문에 넣을 것과 뺄 것을 찾느라 부산을 떨고 있었다. 이토는 속으로 웃고 있었다. 다섯 대신들이 큰 물고기는 건드리지 못한 채, 잔챙이만 걸러 내거나 집어 넣느라 야단을 떠는 탓이었다.

이완용이 나서서 매우 용의주도하게 조약문을 따져 가면서 이토에게 요구 사항을 말하고, 다른 대신들은 그가 하는 대로 고개를 끄덕였다. 결국 그들이 심사숙고하여 이토에게 요구한 것은, 대한제국의 독립과 종묘사직을 지켜 줄 것, 황실의 존엄과 안녕을 더욱 높이 엄숙하게 유지해 줄 것, 내정 간섭은 없어야 할 것 등등이었다. 그런 것은 넣으나 마나 한 것들이었다. 이토는 내각 대신들이 넣어 달라는 것을 흔쾌히 받아들이며 속으로 "제법 용의주도한 척하면서 넣으나마나 한 것만 잘도 찾아내었군"이라고 생각하며 이완용을 향해 기특하다는 표정을 지었다.

결국 내각 대신들의 요청으로 일본이 만들어온 4개 조항에 조항 하나가 더 늘어나게 되었다. 이토는 마치 인심을 쓰듯 "제5조, 일본은 대한제국 황실의 안녕과 존엄을 유지할 것을 보증한다."는 것을 추가해 주었다. 그렇게 하여 조항은 모두 5개 조항으로 정리되었다. 조항을 하나 더 넣게 한 대신들은 이제 조인해도 문제 될 게 없다는 결론을 내리고, 이완용이 그 타당성을 발표했다.

"이 조약은 독립이라는 단어가 엄연히 살아 있고, 대한제국이라는 나라 이름도 전혀 건드리지 않은 조약문입니다. 황실의 존엄도 안녕도 전혀 문제가 없으며 종묘사직도 안전합니다. 다만 우리의 외교권만 잠시 일본에게 맡기는 것뿐인데, 그것은 후일 세계 질서가 잡히고 우리가 일본의 보호를 받지 않아도 될 때, 다시 돌려받을 것이니 문제 될 게 없다고 봅니다."

이완용의 발표가 끝나자 모든 것이 마무리되어 외부대신 박제순이 왕의 재가를 받아 일본 공사 하야시와 드디어 조약을 체결했다. 조약을 마치고 나자 시간은 새벽 1시였다.

회의실을 나가다가 쓰러진 한규설이 정신을 차렸을 때 그 소식을 들었다. 한규설은 캄캄한 밤하늘을 바라보며 "청천이여, 어찌 하오리까!"라고 소리치며 통곡하다 또 실신하고 말았다.

불과 나흘 만에 조선의 외교권을 박탈하고 앞으로 조선을 통감 아래 둔다는 을사늑약이 일사천리로 만들어졌다. 일을 성사시킨 이토는 조약에 협력해 준 다섯 대신에게 은전을 베풀었다. 먼저 참정대신 한규설을 파직시켜 멀리 귀양을 보내고, 외부대신 박제순에게 참정대신 자리를 내주었다. 이완용은 학부대신 겸 외부대신 서리를 주었다.

이렇게 하여 1905년 을사년 11월 17일, 을사보호조약이 맺어졌다. 나라를 빼앗아 버린 거나 마찬가지였다. 이 무서운 조약은 초대 통감 이토 히로부미와 학부대신 이완용이 만들어 낸 것으로 조약 내용은 마치 부모가 자식을 위험으로부터 지켜 주듯이 일본이 우리나라를 관리해 주고 감독하면서 외국의 침략으로부터 지켜 준다는 것이었다.

곳곳에서 조약을 파기하라는 시위가 일어났다. 때마침 조약을 반대하다 관직에서 쫓겨난 참정대신 한규설 대감이 머리를 풀어헤치고 밧줄에 묶인 채 수레에 태워져 귀양지로 떠나고 있었다. 시위군중이 한규설 대감을 태운 수레를 가로막으며 외쳤다.

"죄인들은 호사를 누리고, 애국자는 죄인이 되어 귀양을 가다니!"

"이토와 이완용을 죽여라!"

"박제순, 이하영, 권중현, 이지용을 죽여라!"

박제순, 이하영, 권중현, 이지용은 이완용의 뜻에 따라 조약에 찬성한 벼슬아치들이었다. 이들 다섯 사람을 국민들은 '을사오적'이라고 불렀다.

높은 벼슬자리에 있던 다른 사람들은 벼슬을 버리거나 목숨을 버리면서 조약이 무효라고 주장했다. 고종의 시종무관장 민영환도 죽음을 택하고 말았다.

곧 정2품 판서를 눈앞에 두고 있던 석영도 벼슬을 버렸다. 그리고 하인들에게 말을 내오라고 일렀다. 하인들이 말을 준비하려고 마구간으로 가자 석영의 수족 같은 경만이 몰래 석영을 살폈다. 그렇지 않아도 경만은 여기저기서 높은 사람들이 목숨을 버리면서 항거하자 석영을 감시하기 시작했다. 하인들이 석영의 애마 유휘를 내왔다.

"오늘은 아무도 따르지 말거라."

말을 내오라는 것은 멀리 간다는 뜻이고 그때마다 경만이 호위하는 것이 당연했다. 그런데 경만에게도 말하지 않고 혼자 가려는 것이었다.

석영이 말을 타고 집을 나서자 경만도 말을 타고 몰래 뒤를 쫓았다. 석영은 서울을 벗어나 양주 선산으로 향했다.

석영은 마치 전쟁터를 달리는 장수처럼 말을 급히 몰았다. 힘 좋은 유휘는 날듯이 달렸다. 경만도 적당한 거리를 두고 속력을 냈다. 마치 쫓고 쫓기는 것처럼 두 사람은 앞만 보고 달렸다. 석영은 곧장 선산으로 가서 조상님들과 양아버지 이유원 대감의 무덤 앞에 절을 올린 다음 무릎을 꿇고 앉았다. 경만은 참나무 뒤에 숨어 가슴을 조이며 석영의 행동을 살폈다. 석영은 입을 열었다.

"아버님께서 그토록 염려하시던 날이 닥쳐 오고야 말았습니다. 저는 이제 선택을 하려 합니다. 백사 할아버지의 애국 충정을 따르려 합니다. 제가 죽어서 나라를 구할 수 있다면 기꺼이 그 길을 선택하겠습니다. 가문을 지키지 못한 불효는 저승에 가서 달게 받겠습니다."

석영은 말을 마치자 품에서 하얀 띠를 꺼내 무덤 앞에 놓았다. 그런 다음 몸을 일으켜 다시 절을 올렸다. 그때 경만이 급히 뛰어나가 무덤 앞에 펼쳐 놓은 띠를 거둬 품속에 감추어 버렸다.

"무슨 짓을 하는 게냐!"

석영이 놀라 호통을 쳤다.

"예, 대감마님, 오늘은 무엄한 짓을 해야겠습니다."

"네가 감히 내 일에 참견하려 들다니!"

경만은 서둘러 참나무 가지를 꺾어와 석영에게 내밀었다.

"소인을 벌하여 주십시오."

석영은 기다렸다는 듯이 참나무 가지로 경만의 종아리를 쳤다.

"더 치십시오. 소인이 이토 놈이라고 생각하시고 치십시오. 이토와 이완용이라고 생각하시고 마구 치십시오. 살이 무너져 뼈가 보일 때까지 치십시오."

경만은 회초리를 맞으면서 울부짖었다. 종아리를 치는 석영의 눈에서도 눈물이 흘러내렸다. 경만이 다시 울부짖었다.

"대감마님께서 그런 일을 벌이시면 저승에 계신 영의정 대감마님은 두 번 돌아가실 것입니다. 죽어서 싸우는 것과 살아서 싸우는 것, 어느 것이 더 쉬운 일인지 소인은 압니다. 죽어 버리면 이 꼴 저 꼴 안 봐도 되니 속이 편하겠지요."

석영은 회초리를 내려놓았다.

"그래, 네 말대로 살아서 싸우는 일이 더 어렵겠지."

"외람되게 함부로 말했습니다. 워낙 급해서 나오는 대로 지껄여 댔습니다."

"너는 오늘 나를 가르쳤느니라. 저승에 계신 아버님께서 너의 입을 통해 말씀하신 것만 같구나."

석영은 정말 그렇게 생각했다. 양부 이유원 대감이 경만을 통해 죽지 말고 살아서 싸우는 것이 네가 할 일이라고 말해 준 것만 같았다.

망명을 결심하다

　전국에서 항일 의병이 산불처럼 일어났다. 전라남도에서는 지역마다 2백 명, 3백 명씩 의병 부대를 이루어 투쟁했다. 그러자 일본은 2천 명 군사를 전라남도로 보내 의병이 일어난 마을마다 불을 질렀다. 그 것으로도 모자라 10세부터 60세까지 남자들을 모조리 끌어내어 죽여 버렸다. 그럴수록 의병들은 더욱 거세게 일어났다. 석영의 동생 회영도 동지들과 함께 항일운동을 벌이고 있었다.

　"형님, 갈수록 의병이 불어납니다."

　"그래, 할 수만 있거든 많은 장졸들을 모으거라."

　석영은 의병 활동 자금을 대고 젊은 회영은 직접 나서서 행동했다. 회영의 지시에 따라 이강년, 백남규, 이만원, 윤기영, 건용일, 하한서 등 유능하기로 소문난 청년들이 의병들을 거느리고 강원도에서 전열을 가다듬고 있었다. 이 가운데 이강년은 대한제국 군인들을 이끄는 장교였다.

　그렇게 방방곡곡에서 의병들이 피를 뿌리며 싸웠지만 일본의 거대한 군대를 당해낼 수가 없었다. 목숨을 버리는 일도 의병 투쟁도 조약을 파기하지 못한 채 시간이 흘러가고 있었다. 도무지 방법이 없자 회영은 조약을 만들어 낸 을사오적을 암살하기로 결심하고 석영과 의논했다.

"무인 협객들을 모아 이완용 무리들의 목을 칠 겁니다."

"일본군이 겹겹이 지키고 있을 텐데 가능하겠느냐?"

"그래서 조선에서 제일가는 협객들을 끌어들이려는 것입니다."

회영은 나인영, 기산도, 오기호 등 나라에서 제일가는 무인 협객들 30명을 모아 계획을 세웠다.

짐작한 대로 조약에 찬성한 다섯 명 대신들에 대한 일본의 경호는 철통같았다. 경호군들이 그들의 집을 물 샐 틈 없이 에워싸고 있었다. 집 마당에 있는 화장실에 가는 길까지 경호군이 따라붙었다.

협객들은 먼저 이완용을 목표로 삼았다. 남대문 밖 중림동에 있는 그의 집 주변, 통감부로 가는 길, 그가 자주 가는 음식점, 기생집까지 한시도 눈을 떼지 않고 추적했다. 협객들은 드디어 한밤중 이완용이 잠자리에 들었을 때 지붕을 타고 마당으로 날아들어 방문을 가르는 데까지 성공했다. 그때 수십 명 경호군들이 협객들을 향해 총을 쏘아댔다. 결국 협객들은 부상을 입고 모두 체포되고 말았다.

조약을 무효로 만들기 위해 고종은 네덜란드 헤이그에서 열리는 만국평화회의에 이상설, 이준, 이위종을 밀사로 보냈다. 그러나 일을 눈치챈 일본의 방해로 밀사들은 회의장에 근접도 할 수가 없었다.

"황실에서 그따위 음모를 꾸미고 있을 동안 경들은 도대체 무얼 하고 있었단 말이오?"

이토 히로부미가 분노하여 소리를 치자 총리대신 이완용이 생각에 잠겼다. 이완용은 을사보호조약을 성사시킨 공으로 나라에서 제일 높은 벼슬인 총리대신에 올라 있었다. 조선 관료 제도를 바꾸기 전의 영의정 자리였다. 이토에게 책망을 들은 이완용은 고종이 친히 일본 천황을 방문하여 사죄해야 한다고 강요했다.

"폐하, 일본 천황 폐하를 직접 찾아가 뵙고 진심을 다해 사죄해야 합니다."

"네가 감히 짐에게 명령을 하다니!"

고종이 분을 못 이겨 자리에서 벌떡 일어나 고함을 치다 쓰러지고 말았다. 그 후 몸도 마음도 허약해진 고종은 이토와 이완용의 협박에 못 이겨 제위를 아들 순종에게 넘겨주고 말았다. 그러자 수만 명 시위대가 덕수궁 앞 대한문 앞으로 몰려가 황제 자리를 넘기면 안 된다고 울부짖었다. 순종은 어머니인 왕비가 일본의 칼날에 시해를 당하는 장면을 직접 눈앞에서 보고 충격을 받은 이후 정신이 올바르지 못했다.

군인들이 총을 들고 달려나가 종로에 있는 일본 파출소를 습격했다. 일이 이쯤 되자 이토 히로부미와 이완용은 서둘러 우리나라 군대를 없애 버렸다. 이제 군대마저 사라져 버린 우리나라는 아무런 힘이 없었다.

"형님, 부재를 만나러 가야겠습니다."

더 이상 일본에 대항할 방법이 없자 회영은 앞으로의 일을 의논하기

거룩한 길

위해 이상설을 찾아가기로 했다. 부재는 이상설의 호이고 이상설은 네덜란드 헤이그에 밀사로 갔던 인물이었다. 이상설은 회영과 어려서부터 이웃집에서 함께 자란 친구로 성균관 관장과 정2품 참찬관 벼슬을 지냈다. 일본은 이상설이 국내로 들어오지 않자 궐석재판(피고가 없는 상태로 하는 재판)을 열어 헤이그 밀사로 갔다는 죄로 이상설에게 사형을 선고했다. 그래서 이상설은 나라가 해방되지 않는 한 조국에 발을 디딜 수가 없었다.

"부재는 지금 어디에 있느냐?"

"블라디보스토크로 갔다는 연락을 받았습니다. 앞으로 그곳에서 운동을 전개할 모양인데 형님께서 자금을 마련해 주셔야 할 것 같습니다."

"그래야겠지."

그런데 어쩐지 석영의 표정이 다른 날과 달랐다. 어둡고 근심에 싸여 있었다. 회영이 걱정이 되어 물었다.

"형님, 무슨 변고라도 있는지요?"

"설마설마했는데, 우려가 현실로 나타났구나. 저자들이 남산 홍엽정을 빼앗아 갔지 뭐냐."

"뭐라구요?"

통감부와 통감관저, 일본 헌병대가 남산 주변을 둘러싸고 있었다. 그러자 홍엽정은 그 안에 갇히고 말았다. 석영은 홍엽정이 큰 걱정이었다. 할 수만 있다면 홍엽정을 들어내어 다른 곳으로 옮기고 싶은 심정이었다. 그렇게 걱정을 하고 있는데 어느 날 이완용이 보낸 사람이 찾아와 홍엽정을 헐값에 넘기라고 협박하는 것이었다.

아무리 협박을 해도 이항복 할아버지부터 내려온 조상의 흔적을 팔 수는 없었다. 그런데 홍엽정은 이미 일본 사람에게 팔려 있었다. 이완용이 13만 냥에 사들인 것처럼 가짜 서류를 꾸미고 다시 다섯 배를 올려 일본인에게 팔아넘겼긴 것이다. 한강변의 천일정도 마찬가지였다. 석영은 판 적이 없는데 쥐도 새도 모르게 친일파 민영휘 앞으로 넘어가 있었다.

"백사 할아버지께서 물려주신 유산을 지키지 못했으니 가문에 큰 죄를 지었구나."

"형님 탓이 아니라는 것 하늘이 아십니다."

"엄연한 내 것을 빼앗기고도 말 한마디 할 데가 없다니!"

석영은 천일정과 홍엽정을 찾기 위해 법에 호소해 봤지만 소용이 없는 일이었다.

회영은 무엇보다도 홍엽정을 빼앗긴 게 억울했다. 홍엽정은 회영이 이상설과 함께 조선의 지식인들을 불러모아 애국청년회를 조직하여 나라를 위해 모임을 하던 곳이었다. 또 신학문을 가르치는 학습소이기도 했다. 홍엽정은 다른 정자와 달리 방이 20칸이나 되는 넓은 곳이라 지방에서 온 동지들이 숙소로 이용하기에 편했다.

"홍엽정은 백사 할아버지의 혼이 깃들어 있을 뿐만 아니라 우리 애국청년회의 혼을 잉태한 곳인데 정녕 억울합니다."

"이게 다 나라를 지키지 못한 탓이다."

석영은 허탈한 마음을 감추지 못한 채 회영에게 이상설에게 전달할 자금을 내주었다.

회영은 석영이 내준 자금을 몸속에 감추고 블라디보스토크로 가 이상설을 만났다. 두 사람은 서로 반가워할 틈조차 없이 나라 걱정을 하기에 바빴다. 먼저 이상설이 그동안 여러 나라를 돌아다니면서 보고 느낀 것을 말했다.

"그동안 영국, 미국, 독일, 러시아 등 세상을 돌아다녀 보았는데, 움직임이 심상치 않더이다. 머지않아 세계가 전쟁이 날 것이 틀림없어요. 그러니 우리도 서둘러 군사 기지를 세워야 합니다. 해외에 무관학교를 세워 독립군을 길러 내야 해요."

큰 나라들을 둘러보고 이상설은 1차 세계대전이 일어날 것을 짐작하고 있었다. 그래서 우리도 때를 맞춰 나라를 찾을 준비를 하자는 것이었다.

"그러니까 일본과 싸울 우리 군대를 만들자는 말이오?"

"그렇소. 우당(회영의 호) 형은 속히 고국으로 돌아가 동지들과 함께 계획을 세우세요. 이 사람은 광복 전에는 고국에 돌아갈 수 없는 운명이니 이곳에서 활동 방법을 찾을 수밖에요."

이상설을 만나고 돌아온 회영은 석영에게 이상설과 의논한 일을 설명했다.

"독립군을 길러 내는 무관학교를 세우자고 했단 말이냐?"

"국내에서는 더 이상 꼼짝할 수가 없게 되었으니 나라 밖으로 나가 투쟁해야 한다는 것입니다. 그리고 앞으로 세상이 달라질 것이라고 했습니다."

"달라지다니? 어떻게 말이냐?"

"세계가 지금 일본을 경계하고 있는데, 그래서 장차 일본을 상대로 하는 전쟁이 일어날 것이라고 했습니다. 그러니 우리도 대비하자는 것이지요. 그런데 아무리 생각해도 자금이 문제입니다. 군사 기지를 세우자면 자금이 만만치 않으니 말입니다."

석영은 잠시 생각에 잠겼다. 그리고 신중하게 입을 열었다.

"그렇겠지. 학교를 세운다는 건 보통 집을 짓는 것과는 다르니. 그러나 세계가 그렇게 돌아가고 있다면 당장 서둘러야 한다. 암, 서둘러야 하고말고."

석영은 서두르라는 말을 강조하며 단호하게 말했다. 회영은 일을 의논하기 위해 신민회 동지들을 소집했다. 신민회는 예전에 남산 홍엽정에서 모였던 애국청년회 동지들이 중심이 되어 만들어진 모임이었다.

애국청년회는 홍엽정이 일본인에게 넘어가 버리자 남대문 시장통에 있는 상동교회 지하에서 매주 목요일마다 일본의 눈을 피해 은밀히 모이기 시작했다. 상동교회는 미국인 선교사 스크랜턴이 세운 교회였고 스크랜턴이 미국으로 돌아가고 나자 전도사 전덕기가 목사가 되어 있었다. 애국청년회 동지들은 상동교회에서 모이기 시작하면서 '상동청년회'로 이름을 바꾸었다가, 국민들을 깨우쳐 나라를 사랑하게 하자는 뜻으로 '신민회'라고 다시 이름을 고쳤다. 신민회는 이회영, 전덕기 목사,『대한매일신문』발행인 양기탁, 이상설, 이동녕 등이 중심이 되어 비밀리에 모임을 가졌다.

거룩한 길

신민회는 일본을 피해 비밀리에 모이는 단체인데도 점점 애국자들이 불어나자 도마다 관리를 담당하는 총감을 두었다. 경기 총감은 양기탁, 서울 총감은 상동교회 목사 전덕기, 평북 총감은 이승훈, 평남 총감은 안창호, 황해 총감은 김구, 함경도와 만주를 포함한 이북 지역은 이동휘가 맡았다. 이동녕은 서기를 맡고 재무는 전덕기 목사가 겸임했다.

그리고 회영은 또 한 가지 일을 맡았다. 신학문을 배워야 나라를 지킬 수 있다는 신념 아래 상동교회에 상동학원을 세우고 학감이 된 것이다. 상동학원도 홍엽정 학습소에서 옮겨온 것이었는데 교사들은 미국인 선교사들이 영어, 불어, 수학, 과학, 물상, 세계사, 정치와 경제, 지리 등을 가르치고 최남선, 주시경 등 우리나라 교사들은 한글, 역사, 한문 등을 가르쳤다.

남녀노소를 가리지 않고 누구나 배울 수 있고 교육비는 무료였다. 또 가르치는 교사들 대부분이 무료로 봉사했지만 그럼에도 어느 정도 사례를 해야 했으므로 학원을 운영하는 비용이 필요했다. 석영이 모든 비용을 담당했다. 조선에서 다섯 손가락 안에 꼽히는 부자 석영은 동생 회영이 하는 일은 무엇이나 의롭고 옳다고 믿어 아낌없이 후원을 해 주었다. 그리고 회영은 부자인 형님을 믿고 항일투쟁이든 민족운동이든 자금 문제를 모두 떠안았다. 석영은 실(자금)이고 회영은 바늘(행동)이었다. 한편 회영은 운동 자금을 충당하기 위해 3만 평 땅에 인삼을 심고, 5만 평 산에는 나무를 심고, 재제소도 열었는데 이 모든 비용은 석영이 댔다.

상동교회 지하실에 이회영, 양기탁, 전덕기 목사, 이동녕, 안창호, 이동휘, 이승훈, 김구 등이 모였다. 회영이 이상설과 의논한 일을 설명하자 동지들이 화들짝 반기며 모두가 찬성했다. 그런데 문제는 역시 자금이었다. 양기탁이 먼저 자금 문제를 꺼냈다.

"군사 기지를 세우자면 자금이 문제입니다. 자금을 어떻게 마련할 것인지, 방법을 제시해 보시기 바랍니다."

"지금부터 독립 자금을 모아야지요."

"지금부터 독립 자금을 모아 언제 무관학교를 짓는단 말이오? 더욱이 일본의 감시가 심한 처지에 그런 큰돈을 쉽게 모을 수가 있겠습니까?"

"그럼 어떻게 한단 말이오?"

모두 말이 없었다. 마침내 회영이 입을 열었다.

"그럼 이렇게 하면 어떻겠소? 먼저 영석(석영의 호) 형님께서 학교를 세워 주시면 그다음 학교 운영은 독립 자금을 모아 운영하는 방법 말이오."

"정동 대감께서 그렇게만 해 주신다면 역사에 길이 남을 일이 될 겁니다."

동지들은 석영의 집이 정동에 있기에 석영을 정동 대감이라고 불렀다. 회영은 석영이 서둘러야 한다고 했던 말을 떠올리며 자신 있게 말했다. 동지들은 회영의 말대로 석영이 무관학교를 세워 주면, 그다음은 독립 자금을 모아 학교를 운영해 가기로 했다.

회영은 해외 군사 기지 설립에 대한 문제를 맡기로 하고, 먼저 군사 기지를 세울 곳을 찾아보기 위해 동지 세 사람과 함께 만주로 떠나기로 했다.

"함께 갈 사람은 몇이나 되느냐?"

"이동녕, 장유순, 이관직 세 사람입니다."

"어려운 길인데 그 정도로 되겠느냐?"

"여럿이 가면 오히려 비밀이 새어 나갈지도 모르니까요. 그리고 장유순은 산천 지세에 밝아 열 사람 몫을 할 것입니다."

"조심 또 조심해야 한다."

석영은 답사 비용을 내주면서 힘주어 당부했다.

회영 일행은 만주에서 가장 멀고 험하다는 유하현 삼원포로 가기로 했다. 일본을 피해 독립군을 길러 내자면 구석진 곳일수록 안성맞춤이었다. 회영 일행은 북쪽 신의주 압록강 나루터에서 배를 타고 만주 땅 단동에 닿았다. 여관에 들어 하룻밤을 자고 다음 날 유하를 향해 길을 떠났다. 힘 좋은 말을 빌려 타고 이틀 동안 달린 끝에 유하 삼원포로 들어가 산이 첩첩이 둘러쳐진 한 마을을 만났다.

추가마을이라는 이름 그대로, 대부분 추씨 성을 가진 사람들이 모여 사는 마을이었다. 먼저 산세를 둘러보았다. 만약의 경우 도피할 수 있는 길을 염두에 둔 것이었다. 끝없이 이어진 산은 침엽수와 활엽수가 하늘이 보이지 않을 만큼 우거져 있었다.

"희귀한 나무들이 즐비합니다. 황벽나무, 천녀목란, 장백송, 황경피, 수곡버드나무 등등."

산천 지세를 잘 아는 장유순이 감탄했다.

"설마 곰이나 호랑이는 없겠지요?"

이동녕이 걱정스러운 표정으로 장유순을 쳐다보았다.

"매화노루는 더러 있을 겁니다만 곰이나 호랑이는, 글쎄요. 어쨌든 제아무리 날뛰는 왜놈들이라도 이곳은 좀처럼 알아차리지 못할 것 같습니다."

일행은 산을 내려와 이번에는 마을을 둘러보기로 했다. 앞으로 망명하여 살아갈 마을을 미리 살펴보고 계획을 세워야 하기 때문이었다. 일행은 마을을 돌아다니다 목이 말라 우물가로 갔다. 두 남자가 물을 긷고 있었다. 물이 보이지 않을 정도로 깊은 우물에서 큰 두레박을 끌어 올리는 것은 남자들에게도 힘들어 보였다. 여자 대신 남자들이 물을 긷는 이유를 알 만했다. 물을 얻어 마시고 잠시 쉬는데 한 남자가 한 남자에게 '박삼사'라고 부르는 것이었다.

"박삼사? 혹시 성이 박씨 아니오?"

회영이 혹시나 하고 물었다.

"맞습니다. 제가 추가마을에 단 하나뿐인 박가입니다."

뜻밖에 조선 말을 알아듣는 박삼사라는 남자는 부모가 조선 사람이라고 했다. 중국 이름이 있지만 돌아가신 부모님의 유언으로 박삼사로 부른다고 했다. 박삼사는 부모 형제를 만난 것처럼 감격했다.

회영은 박삼사에게 나라를 일본에게 빼앗겼으며 독립운동을 위한 군사 기지를 세울 곳을 찾고 있다고 말했다. 박삼사는 힘껏 돕겠다면서 회영과 동지들을 자기 집으로 데리고 갔다. 회영 일행은 박삼사의 집에서 며칠을 묵으며 추가마을과 산세를 자세히 둘러볼 수 있었다. 그리고 추가마을을 둘러싼 산이 만주에서 유명한 소고산과 대고산이라는 것을 알았다. 더 이상 다른 곳을 찾을 필요가 없었다.

나라를 빼앗기다

1909년 이토 히로부미는 초대 통감 자리를 소네 아라스케에게 넘겨주고 일본으로 돌아갔다. 돌아가서도 그는 계속 우리나라를 들락거리면서 계략을 펼쳤다. 어느 날 이토는 이완용을 불렀다.

"조선 인민의 생명과 재산을 더욱 완벽하게 보호할 필요가 있으니 조선의 사법권과 경찰권과 감옥 관리권을 모두 통감부로 넘기도록 조치하라."

이토는 이완용에게 언제나 반말을 했다. 이완용은 이토를 스승으로 모셔 온 탓에 반말을 오히려 반가워했다. 스승이 제자에게 반말을 하는 것은 그만큼 친근하다는 의미이기 때문이다.

이토가 조선의 사법권과 경찰과 감옥 관리권을 일본으로 넘기라고 지시한 것은 너무나 심각한 일이었다. 죄를 지은 사람을 재판하는 사법권과 죄지은 사람을 조사하는 경찰권과 죄인을 감옥에 가두는 일을 일본이 알아서 다 하겠다는 것이었다. 이토의 지시를 받은 이완용은 서둘러 2대 통감 소네와 단둘이 앉아 대한제국의 사법권, 경찰권, 감옥 관리권을 모두 일본에 넘긴다는 각서에 서명했다.

그렇게 조선의 중요한 권력을 모두 **빼앗겨** 버리고 난 후 깜짝 놀랄 소식이 날아들었다. 1909년 10월 26일, 우리나라 젊은 남자가 만주 하얼빈역에서 이토 히로부미를 총으로 쏘아 죽였다는 소식이었다. 그 젊은 남자 이름은 안중근이라고 했다.

친일파들은 하늘이 무너진 듯했다. 그들은 이토의 죽음을 슬퍼하는 추도회를 열면서 안중근을 사형에 처해야 한다고 외쳤다.

총리대신 이완용은 절망에 빠졌다. 그는 식음을 전폐하면서 전국에 사흘 동안 이토 히로부미를 추모하라는 지시를 내렸다. 그리고 서울의 모든 학교 학생들을 소집하여 장충단에서 추도식을 열라고 명령했다. 이토의 장례는 일본에서 국장으로 치러졌다. 이완용은 농상공부대신 조중응을 대표로 조문단을 보냈다, 장례가 끝나자 우리나라 친일파 유림들(유교를 깊이 공부하는 사람들)과 조선 13도 대표를 자처하고 나선 사람들이 안중근이 이토를 암살한 것에 대하여 일본 천황 앞에 엎드려 사죄해야 한다면서 일본으로 '사죄사'라는 사절단을 보냈다. 또 한편에서는 친일파 단체 '일진회'의 중심 인물인 송병준과 이용구가 한시바삐 일본에게 나라를 바쳐야 한다는 글을 발표하고 나섰다.

일본은 일청전쟁(청일전쟁)을 통해 조선을 청나라로부터 독립시켜 주었을 뿐만 아니라, 일러전쟁(러일전쟁)으로 조선이 러시아에 넘어갈 위기에서 구해 준 은혜를 베풀었다. 또한 이등박문(이토 히로부미)

태사께서 우리 백성들을 지극정성으로 보살펴 주시면서 조선을 위해 갖은 수고를 하신 것은 잊을 수 없는 일이다. 이렇게 큰 은혜를 입었음에도 불구하고 하얼빈에서 태사님을 죽인 변고가 생겼다. 이것은 용서받을 수 없는 무지몽매한 짓임에도 천황 폐하께서는 우리를 큰 도량으로 꾸짖지 아니하시고 자식처럼 어루만져 주시니, 우리는 그 은혜에 보답하기 위해서라도 하루빨리 나라를 천황 폐하께서 맡아 주십사 간청을 드려야 한다.

안중근 의사가 이토를 사살하자 여기저기서 친일파들이 들고일어나 일본에게 앞장서서 충성을 바치려고 서로 경쟁이 벌어졌다. 이완용은 송병준이 일본에게 먼저 공을 세울까 봐 '국민대연설회'를 열어 나라를 일본 천황에게 맡겨야 한다고 강조했다. 그러자 미국 교포 이재명이라는 20대 청년이 귀국하여 이완용의 목숨을 노렸다.

1909년 12월 22일 오전, 이완용은 명동성당에서 벨기에 총영사 주최로 열린 벨기에 황제 레오폴드 2세 추도식에 참석했다. 정오가 가까워진 시간, 추도식이 끝나고 이완용이 밖으로 나와 인력거에 오르려는데, 그때 휙, 하는 바람 소리와 함께 이재명이 인력거로 달려들었다. 이재명은 날쌔게 이완용을 향해 칼을 휘둘렀다. 칼이 이완용 왼쪽 어깨 아래쪽을 찔렀다. 이완용이 인력거 밖으로 굴러떨어졌다. 이재명은 길바닥으로 굴러떨어진 이완용에게 다시 달려들었다. 한 번 더 찌를 즈음, 이완용 경호원들이 이재명의 허벅지를 찔렀다. 이완용의 경호원들은 모두 조선 사람들이었다.

이재명은 붙잡히면서 "하나님, 만약 저자가 살아나거든 죽는 것보다 더 고통스러운 고통을 내려 주소서!"라고 소리쳤다.

이완용은 상처가 깊었다. 이재명의 칼끝이 왼쪽 폐를 관통한 탓이었다(이재명의 기도대로 이완용은 그 후 죽는 날까지 기침으로 고통을 겪었다). 이 사건으로 국내는 물론 일본까지 발칵 뒤집혔다.

일본에서는 이완용이 이토의 제자라면서 제2의 이토 히로부미라는 기사가 났고, 우리나라에서는 황실부터 모든 대신들이 마치 자기네들이 잘못하여 일어난 일이라도 되는 것처럼 몸둘 바를 몰랐다. 백성들은 두 갈래로 갈렸다. 어떤 백성들은 나라를 오늘과 같이 부강하게 만들어 백성들에게 살길을 열어 준 부모 같은 분이 귀한 몸을 상했다면서 이완용이 입원해 있는 대한의원 앞으로 찾아가 엎드려 땅을 치며 울었다. 또 어떤 백성들은 이완용이 죽지 않고 살아난 것을 원통해했다. 술집이나 장터에서 두 갈래 사람들이 그 일로 싸우는 일이 자주 일어났다.

"이토 히로부미 통감님과 이완용 총리대신 각하가 아니었으면 우리는 지금 서양 오랑캐들의 종이 되었어! 알기나 해?"

"그건 일본이나 친일파들이 눈만 뜨면 하는 소리지. 두고 보라고, 앞으로 나라가 어떻게 되는지."

"어떻게 되긴? 이완용 총리께서 다 알아서 하는 거지."

"매국노 이완용 때문에 일본놈 종살이하는 것도 모르고, 불쌍한 인간들 같으니라고."

"뭐야? 일본놈 종살이?"

그쯤에서 싸움이 붙게 되고, 경찰이 출동했지만 경찰은 따질 것도 없이 이완용을 욕하는 사람들을 잡아다 감옥에 가두어 버렸다. 이완용을 욕한 사람들은 반드시 잡혀갔다.

이완용은 6개월 만에 병상에서 일어나 다시 총리대신 업무를 보게 되었다. 1909년 12월에 칼을 맞고 반년 동안 누워 있느라 1910년 경술년 봄이 훌쩍 지나가고 말았다. 6월이 되자 벌써 더위가 시작됐다.

통감부에는 2대 통감 소네가 일본으로 돌아가고, 3대 통감 데라우치 마사타케가 부임했다. 더위와 함께 일본이 앞으로 무슨 짓을 하는지 두고 보라는 백성들 말대로, 일이 바쁘게 돌아가고 있었다.

일본 육군 대장 출신인 데라우치 마사타케는 일본군의 최고 실력자로 조선을 즉각 빼앗을 계획을 짜고 있었다. 그는 겉으로 드러내지 않은 채 은밀히 일을 추진하면서 한일합방을 입 밖에 내지 않았다. 총리대신 이완용이 있기 때문이었다. 일본은 데라우치 마사타케가 부임하기 전에 이미 합병에 대비해 헌병 천 명 이상을 늘려 두었고 외곽 지역에 있는 일본 군대를 대궐 가까이 배치해 놓은 상태였다. 데라우치 마사타케 통감이 생각했던 대로 이완용은 일을 서둘렀다.

1910년 8월 4일이었다. 이완용은 자기 비서를 외사국장 고마쓰에게 보내 한일합방을 빨리 해야 한다고 주장했다.

"뭐가 그리 급하단 말인가. 지금 날씨가 한창 더우니 시원한 가을이 좋지 않겠느냐고 총리 각하께 전하게."

마음이 급해진 이완용은 다시 비서를 외사국장에게 보냈다.

"총리 각하께서 이런 중차대한 일은 빠르면 빠를수록 좋다고 전하라

하셨습니다."

"음, 생각해 보니 맞는 말이군. 이미 준비해 둔 선물을 괜히 묵혀 둘 필요가 없겠지."

외사국장 고마쓰는 미리 만들어 놓은 '한일합방 조약' 문건을 이완용의 비서에게 내주었다.

이틀 후 이완용은 내부대신 박제순, 탁지부대신 고영희, 학부대신 이용직, 농상공부대신 조중응 등 네 사람을 불러 모아 하나 마나 한 내각 회의를 열었다. 학부대신 이용직이 "이 중차대한 일을 어찌 다섯 사람이 모여 결정한단 말입니까."라고 했지만 아무도 입을 열지 않았다. 이용직이 주위를 살펴보다가 분위기를 파악하고는 겁이 나 입을 다물어 버렸다.

이완용은 말없이 네 사람 대신들을 묵묵히 바라보았다. 언제나 이완용의 손발 노릇을 하는 조중응이 먼저 입을 열었다.

"대세에 따르는 것이 순리라고 생각합니다."

조중응의 말이 끝나자 나머지 사람들이 "그렇고 말고요. 대세에 따라야지요."라고 하며 고개를 끄떡였다.

회의는 그렇게 끝나고, 마지막으로 황제 앞에서 하는 어전회의만 남아 있었다. 1910년 8월 22일, 창덕궁 대조전 흥복헌에 이완용, 박제순, 고영희, 이용직, 조중응 등 내각 대신 다섯 명과 중추원 의장 김윤식, 시종무관장 이병무, 황후의 작은아버지 윤덕영과 대원군의 장남 이재면을 포함한 황족 대표들이 모였다. 친일자들끼리 모여 나라의 운명을 정하고 있었다. 먼저 새 황제 순종이 말했다.

"백성과 나라의 어려운 형편을 구하지 못하고 이제 천오백만 백성들의 재난이 눈앞에 닥쳐왔으니 차라리 선진 일본의 덕이 높으신 천황 폐하께 나라를 맡기려 하는데 만약 백성을 구할 방법이 있다면 숨김없이 말해 보라."

황제는 엄숙한 표정으로 말을 마치고는 모여 있는 사람들을 둘러보았다. 이재면이 가장 먼저 나서서 고종이 무능해서 나라를 이 지경으로 몰아넣었다고 한참 비난했다. 그러고 나자 이완용이 입을 열었다.

"신들은 드릴 말씀이 없습니다. 책임을 다하지 못한 죄를 스스로 자책할 뿐이며 황공하옵고 민망할 따름입니다."

이완용이 말을 마쳤지만 아무도 입을 열지 않았다. 이완용이 "신들은 드릴 말씀이 없습니다."라고 했으니 다른 사람들은 말을 할 필요가 없었다. 모두 명령만 기다리는 표정이었다. 새 황제가 다시 입을 열었다.

"그렇다면 모두 합의한 것으로 알고 짐은 대한제국의 모든 통치권을 대일본제국 천황 폐하께 맡기기로 하겠소. 합방 조약에 대해서는 모두 이완용 총리대신에게 맡길 것이니 총리대신은 이 일을 잘 처리하기 바라오."

이렇게 일본 천황에게 나라를 바치자는 의견이 만장일치로 끝나고, 이완용은 새 황제로부터 위임장을 받아들고 서둘러 통감부로 달려갔다.

"기다리고 있었습니다, 총리대신 각하."

데라우치 마사타케가 이완용을 반갑게 맞이했다. 이완용은 마치 개선장군처럼 의기양양한 태도로 데라우치 마사타케와 마주 앉아 "조선의 모든 통치권을 일본 천황에게 영구히 맡긴다"는 한일합방 조약을 체결했다.

이완용이 서둘러 만들어 낸 한일합방은 경술년 8월 29일 조선 천하에 발표되었다. 통감부는 조선총독부로 이름이 바뀌고 데라우치 마사타케는 조선총독부 제1대 총독이 되었다.

합방이 발표되자 나라가 갑자기 경사가 난 듯했다. 일본 천황의 대사면으로 나랏일로 감옥살이를 하는 사람들 천여 명이 풀려났다. 나랏돈을 도둑질한 죄인들도 모두 자유의 몸이 되었다. 한일합방에 공을 세운 대신들에게는 각각 큰 상이 내려졌다. 공이 가장 큰 이완용은 백작이 되었고 금척대수훈장을 받았다. 이 훈장은 왕족들이나 받는 고귀한 훈장이었다.

6형제의 선택

"조선 사람은 일본에 복종하든지, 죽든지, 둘 중 하나만 선택하라!"

조선총독부 초대 총독 데라우치 마사타케의 말은 곧 법이었다. 통감에서 총독으로 승진한 그는 임명 첫날 이완용을 칼로 찌른 애국 청년 이재명을 사형에 처하는 것으로 업무를 시작했다. 화려한 훈장이 요란하게 붙은 그의 가슴을 대각선으로 가로지른 금빛 휘장이 섬뜩하게 빛났다. 말갛게 밀어 버린 대머리에 콧수염을 기른 커다란 얼굴과 눈두덩이 툭 불거진 가늘고 긴 눈에서 무서운 광기가 흘렀다. 그는 광기가 흐른 눈을 번뜩이며 우리를 향해 "조선 사람은 일본에 복종하든지, 죽든지, 둘 중 하나만 선택하라"고 공포했다.

조선 땅은 싸늘하게 얼어붙고 말았다. 정동 대감 이석영의 집, 아흔아홉 칸 저택은 무거운 침묵에 휩싸였다. 방 안에 건영, 석영, 철영, 회영, 시영, 호영 등 6형제가 한자리에 모여 앉았다. 회영이 굳게 결심한 얼굴로 입을 열었다.

"결국 우리 금수강산을 왜적에게 빼앗기고 말았습니다. 그런데 조상 대대로 명족으로 살아온 우리 가문이 왜적의 노예가 되어 생명을 이어 가려고 한다면 어찌 명문가의 후예라 할 수 있겠는지요. 지금까지 세상 사람들은 우리 가문에 대해 나라에 공을 세운 대한 공신의 후예로서 나라의 은덕과 세상의 존경을 대대로 누려 왔다고 말하고 있습니다. 그러므로 우리 형제들은 국가와 운명을 함께해야 할 위치에 있으니, 죽기를 각오하고 다른 나라로 떠나 나라를 구하는 데 모든 것을 바치는 것이 우리가 해야 할 일인 줄 압니다. 이것은 이 나라의 민족 된 도리일 뿐만 아니라 일찍이 임진왜란 때 왜적과 싸우셨던 백사 할아버님의 후손 된 도리일 것입니다."

회영의 말에 모두 엄숙한 표정을 지었다. 석영이 입을 열었다.

"아우의 말대로 우리 형제가 조선 명족으로서 왜적 치하에서 목숨을 부지한다는 것은 있을 수 없는 일이다. 우리 형제들이 모두 각오한 일이니 아우는 모든 일을 계획대로 실행하길 바란다."

지금까지 회영이 하는 일은 무엇이나 찬성하고 지원해 온 석영은 일을 실행하라고 당부하며 형제들을 둘러보았다. 다른 형제들도 모두 찬성했다.

가을 하늘은 변함없이 푸르고 들녘은 황금 물결이 파도쳤다. 석영은 끝없이 펼쳐진 양주 고을 황금 들녘을 바라보았다. 나라는 비통하지만 3년 만에 돌아온 풍년이었다. 이제 추수를 하고 나면 농사는 이번이 마지막이 될 것이었다. 석영은 '이 땅이 언젠가는 백사 할아버지의 이름답게 사용되어야 할 것'이라고 했던 양아버지의 말을 떠올리며 "아버님의 뜻을 잘 받들겠습니다."라고 중얼거렸다.

추석이 돌아오자 마지막 햇곡식으로 조상님들께 차례를 드린 후 형제들은 각자 재산을 정리하기 시작했다. 회영은 형제들과 신민회 동지들이 만주로 갈 방법을 생각해야 했다.

만주 땅 추가마을까지 가자면 서울에서 기차로 열 시간쯤 달려 신의주 종착역까지 가야 하고, 신의주에서 압록강을 건너 단동으로 가야 하고, 단동에서 다시 5백 리 길을 달려 횡도촌으로 가야 하고, 횡도촌에서 최종 목적지인 추가마을까지 6백 리 길을 가야 했다. 멀고 험한 길이므로 신의주에서부터 목적지까지 징검다리를 놓듯 중간중간마다 먹고 자며 쉬어 갈 수 있는 숙소를 마련해야 했다.

먼저 압록강을 건너기 위해 묵었다가 가야 하는 신의주 나루터 인근에 방 여섯 칸이 딸린 집을 얻어 행인들에게 술과 밥을 파는 주막집으로 위장했다. 압록강을 건너 만주 땅 단동현에는 여관 두 채를 빌렸다. 그다음 횡도촌에는 다섯 칸짜리 집을 빌렸다. 단동에서 횡도촌으로 가는 길 중간에도 여관을 빌렸다. 처소마다 믿을 수 있는 사람들을 골라 배치하고 양식과 김장을 준비해두도록 했다. 이 모든 비용도 석영이 감당해야 했다.

재산 정리는 일본이 알아차리지 못하게 은밀히 진행해야 하므로 제대로 값을 받을 수가 없었다. 재산을 정리하는 데 가장 힘든 사람은 석영이었다. 끝이 보이지 않을 만큼 넓은 땅이라 전국에 광고를 해도 팔기가 어려웠다. 그래도 땅을 파는 일은 대충 정리가 되었지만 양주 가오실 별가와 정동의 아흔아홉 칸 집은 비워 둘 수밖에 없었다. 양주 땅을 팔아 마련한 자금은 40만 원이었다. 요즈음 돈으로 치면 천억 정도나 되는 큰돈이었다. 땅을 판 돈은 모두 금으로 바꾸었다.

1910년 12월, 신민회 동지들과 계획도 마무리되었다. 동지들은 해외로 가는 망명파와 국내파로 나뉘었다. 대부분 동지들이 군사 기지를 세우기 위해 만주로 가겠다고 했다. 전덕기, 김구, 이승훈, 안태국 등은 국내에서 자금을 모아 군사 기지로 보내주기로 했다. 만주로 갈 동지들은 서울, 충청도, 경상도, 경기도 대표들이었다. 전라도 대표는 없었다. 의병 부대를 이끌며 일본군과 싸우던 중 남도 대토벌 작전 때 지도자들이 모두 일본군에게 목숨을 잃었기 때문이었다. 동지들은 일본의 감시 때문에 한꺼번에 갈 수가 없어 지역별로 나누어 출발 날짜를 잡았다.

6형제 가족들이 가장 먼저 떠나기로 했다. 형제들은 여섯째 호영을 제외하고 모두 나이가 많았다. 집안의 장자인 건영은 57세였고 석영은 55세였다. 셋째 철영은 47세, 넷째 회영은 42세, 다섯째 시영은 41세, 막내 호영은 35세였다. 떠날 날이 하루하루 다가오고 있었다.

정동 집에서는 석영이 마지막으로 머무는 사랑채에 경만이 직접 불을 넣으면서 눈물을 흘렸다. 경만은 며칠 동안 생각을 거듭하던 끝에 석영을 따라 만주로 가기로 결심했다.

"대감마님, 소인도 따르겠습니다. 제가 가서 대감마님을 모시겠습니다."

"이 길은 아무나 가는 길이 아니다."

"소인도 모든 걸 버릴 각오가 되어 있습니다."

"그래도 너는 안 된다. 네 부친도 나이가 오십 줄 아니냐."

경만의 부친도 젊어서부터 영의정 가문의 재산을 관리해 온 집사였다.

"소인 아버지께서 대감마님을 잘 보필하는 것이야말로 커다란 독립운동이라고 하셨습니다."

경만은 포기하지 않았다. 이틀 동안 줄다리기 끝에 석영은 허락하고 말았다. 본가에서도 이미 풀어주었던 노비 열두 명이 가족들을 데리고 함께 가겠다고 나섰다.

1910년 12월 29일, 떠날 날을 하루 앞두고 석영은 마지막으로 조상님께 인사를 드리기 위해 양주로 백마 유휘를 몰았다. 경만도 따랐다. 그곳에는 증조부와 조부의 묘가 있고 그 아래로 양부모인 영의정 대감과 정경부인의 합장묘가 있었다. 그는 할아버지들 묘에 차례대로 절을 올린 다음 양아버지의 묘 앞에 엎드렸다.

"저는 내일 밤 만주로 떠납니다. 아버님, 멀리 떠나는 이 불효를 부디 용서하여 주시옵소서. 대신 나라를 찾은 다음에 무슨 벌이든 달게 받겠습니다."

무덤은 말이 없고 눈발만 날렸다. 경만도 엎드린 채 울며 다짐했다.

"큰사랑 대감마님, 소인이 작은사랑 대감마님 잘 모실 테니 너무 염려하지 마십시오."

두 사람은 산소에서 내려와 가오실로 향했다.

"큰사랑을 보니 큰사랑 대감마님의 마지막 말씀이 생각납니다."

경만이 옛일을 떠올리며 눈물을 글썽였다.

"마지막 말씀이라니?"

"그때 큰사랑 대감마님께서 소인에게 뭐라고 하신 줄 아십니까. '내가 세상을 떠나고 나면 작은사랑 대감마님 잘 모셔야 한다'고 당부하셨습니다. 그냥 당부하신 것이 아니라 큰사랑 대감마님보다 더 잘 모셔야 한다고 하셨지요."

"아버님께서 그런 말씀을 하셨단 말이냐?"

"이제야 무슨 말씀인지 알 것 같습니다."

"무얼 말이냐?"

"작은사랑 대감마님께서 나라를 찾아야 하는 엄청난 일을 하실 분이라는 것을 큰사랑 대감마님은 미리 알고 계셨던 것이지요."

경만의 말에 석영은 더욱 슬픈 심정으로 사당에서 조상님들과 양아버지의 위패를 챙겼다.

"그런데 대감마님, 유휘는 어쩌실 생각인지요? 만주로 데리고 가면 참 좋겠지만…."

서울로 돌아오면서 경만이 유휘를 어떻게 할 것인지 물었다. 그렇지 않아도 석영은 유휘를 어떻게 할지 고민 중이었다. 만주는 땅이 넓어 먼 길은 말이 아니면 갈 수가 없는 곳이지만 일제를 피해 망명하는 길에 말까지 데려가는 건 너무 힘든 일이었다. 석영은 어쩔 수 없이 경만의 아버지에게 유휘를 맡기기로 했다.

1910년 12월 30일 밤, 명동성당 종소리가 고요히 울려 퍼지고 있었다. 다른 형제들과 가족들은 이미 서울을 떠나 신의주로 빠져나가고 없었다. 석영과 회영이 마지막 밤 기차를 탔다.

기차는 밤새도록 달려 새벽에 신의주에 닿았다. 그리고 다시 마차를 타고 오후에야 신의주 나루터 주막에서 기다리는 가족들과 합류했다. 주막에서 하룻밤을 자고 나면 국경을 넘어야 했다.

입김조차 얼어 버리는 한겨울의 새벽 3시, 밖은 칠흑 같은 어둠 속에서 매서운 추위가 기다리고 있었다. 한겨울에는 강이 얼어 썰매로 강을 건너야 했다. 중국인 뱃사공들이 준비해 놓은 썰매 20여 대에 가족 60여 명이 나누어 탔다. 살인적인 추위로 일본 경찰 수비대는 보이지 않았다. 말이 끄는 썰매는 꽁꽁 언 강을 달려 무사히 단동에 도착했다. 썰매에서 내린 회영이 뱃사공에게 두둑한 돈을 내밀었다. 강을 건네준 삯보다 서너 배나 많은 돈이었다. 그것도 물론 석영이 준 돈이었다.

"앞으로 돈 없이 강을 건너는 동지들도 있을 것이니 그들을 부탁하네."

회영 일행은 단동에 마련해 놓은 거처에서 며칠을 묵으면서 목적지 유하현 삼원포 추가마을로 갈 준비를 했다. 짐을 실을 마차와 사람을 태우는 마차 수십 대를 빌렸다. 수십 대 마차가 모이자 군부대를 방불케 했다. 거대한 마차 행렬이 단동을 떠나 끝없는 만주 벌판을 쉬지 않고 달렸다. 징검다리처럼 중간에 마련해 놓은 거처에서 하루를 묵어가면서 횡도촌 거처에 닿았다.

횡도촌에서 목적지까지는 6백 리 길이었다. 그들은 횡도촌 거처에서 며칠간 머물며 전열을 가다듬은 다음 최종 정착지를 향해 이동했다. 이제부터는 만주에서 가장 깊고 험한 추가마을로 가야 했다. 산림이 우거지고 절벽 같은 길이 이어졌다. 울퉁불퉁한 산길을 따라 추가마을로 가는 동안 여러 마을을 거쳐야 했다. 끝없이 이어진 마차 행렬을 보려고 마을을 지날 때마다 사람들이 뛰어나왔다.

드디어 마차 행렬이 추가마을에 닿았다. 만주에서 가장 멀고 험한 오지에 조선의 귀족들이 들이닥친 것이었다. 어마어마한 마차 행렬에 추가마을 원주민들의 입이 딱 벌어졌다. 마차에서 사람들이 줄지어 내렸다. 사람들이 모두 기품이 흘렀다. 실어 온 짐도 예사롭지 않았다. 원주민들이 의심에 찬 표정으로 짐을 살펴보면서 고개를 갸웃거렸다.

"분명히 꺼우리(고려인)인데?"

만주 사람들은 조선 사람들을 꺼우리라고 불렀다.

"저건 꺼우리들 살림이 아니야. 그들은 보따리에 짐을 싸서 머리에 이거나 등에 지고 오지 않던가."

원주민들은 조선에서 종종 이주민들이 주변 마을에 들어오는 것을 봤지만 모두 보따리 몇 개를 이고 진 것이 전부인 것을 생각하면서 수군거렸다.

"아무튼 귀족들이 틀림없다."

원세개의 도움

　신민회 동지들도 압록강을 건너기 시작했다. 이동녕, 장유순이 가족을 거느리고 들어왔고, 서울, 충청, 경기 대표들이 줄지어 들어왔다. 경북 지역 대표들도 속속 들어오기 시작했다. 안동 지역 어른 이상룡과 김대락이 가족들과 2대, 3대 증손자까지 모두 데리고 왔다. 이상룡은 조상의 위패를 땅에 묻고 아흔아홉 칸 집 '임청각'을 버리고 안동을 떴다. 김대락은 서른여섯 칸 기와집을 신학문을 가르치는 협동학교에 기부하고 왔다. 김동삼도 가족들과 일가친척을 데리고 오고, 황씨 가문의 황호, 황만영, 황도영의 일가들, 권팔도 일가들이 왔다. 의병연합부대 군사장이었던 허위 가문도 가족들과 일가친척들을 모두 데리고 왔다. 경북 대표 중 어른인 이상룡과 김대락, 황호, 허위는 나이가 50대, 60대의 고령이었다.

　"영석 대감과 우당 선생이 나서서 군사 기지를 세우는 데 앞장선다는 말을 듣고 다 버리고 왔소이다."

　경북 대표 가운데 가장 어른인 이상룡이 거센 만주 바람에 하얀 수

염을 날리며 감격에 겨워했다.

"안동의 어른들께서 오셨으니, 천군만마를 얻게 되었습니다."

석영과 회영도 감격했다. 추가마을은 독립투사 망명객들로 가득해졌다. 집을 구하지 못한 사람들은 임시방편으로 나무를 베어다 얼기설기 움막집을 짓고 옥수숫대로 지붕을 덮었다. 계속 망명객들이 들어오면서 그런 식의 집들이 점점 늘어가자 처음부터 심상치 않게 여기던 추가마을 원주민들이 겁을 내기 시작했다. 보기 드문 귀족풍의 사람들이 들어오고부터 계속 사람들이 모여든 것은 필시 무슨 계략이 숨어 있을 것이라고 의심했다.

"저들은 일본 첩자들이 틀림없다. 일본 군대를 불러들여 우릴 몰아내려는 속셈이 분명해."

"그렇다면 이러고 있을 때가 아니지."

"그래, 저자들을 하루빨리 몰아내야 해."

추가마을 수십 리 밖에 지서가 있고 지서장을 '노야'라고 불렀다. 추씨 대표들이 노야에게 달려갔다. 노야는 다시 유하현 관청으로 달려가 신고하고, 유하현 관청에서는 군부대에 신고하여 군인들과 순경 수십 명이 들이닥쳤다. 그들은 석영과 회영이 임시로 거처하고 있는 집을 샅샅이 뒤졌다.

"무기를 감추어두었을지 모른다. 무기를 찾아내."

"무기는 한 점도 보이지 않는데요."

군인들이 옷가지를 털어가며 뒤졌지만 무기가 나오지 않자 고개를 갸웃거리며 당장 추가마을을 떠나라고 요구했다. 회영은 글로 써 보이기도 하고 박삼사를 통역시켜가면서 일본이 조선을 빼앗은 탓에 나라를 찾기 위해 망명을 왔다고 했다. 다행히 높은 사람이 회영의 말을 알아듣고 오히려 열심히 나라 찾는 운동을 하라는 격려를 해 주고 돌아갔다.

그런데 어려움은 그쯤에서 끝나지 않았다. 땅을 사야 살아갈 집을 짓고 무관학교도 세울 수 있는데, 추가마을 원주민들은 땅을 한 뼘도 팔 수 없다고 못을 박았다. 박삼사를 통해 값을 원하는 대로 쳐 주겠다고 했지만 어림없는 일이었다.

"만주 사람들 고집을 꺾느니 차라리 산을 들어 올리는 게 더 쉽다는 말이 있습니다. 아무리 사정을 해도 소용이 없으니 어쩌지요?"

입이 닳도록 사정을 하던 박삼사도 방법이 없다면서 한숨을 쉬었다.

시간이 자꾸 흘러가고 있었다. 지난해 경술년 엄동설한에 추가마을에 들어와 어느덧 봄이 되었다. 산과 들이 푸르게 변해 갔다. 끝없는 만주 벌판에서는 옥수수가 무성하게 자라더니 봄도 금세 지나가 버리고 성큼 여름이 다가오고 있었다. 학교는커녕 집 지을 땅 한 평 구하지 못한 채 가슴을 태우고 있는데, 애국지사들이 군사 기지 설립에 대한 꿈을 안고 계속 들어왔다.

회영은 생각 끝에 길림성, 봉천성, 흑룡강성 등 3성을 주관하는 도독 조이손을 만나보기로 했다. 이동녕과 함께 두 사람은 봉천으로 갔다. 곧바로 관청을 찾아가 회영이 글을 써서 비서에게 보이며 도독을 만나게 해 달라고 청하자, 비서가 회영과 이동녕을 위아래로 훑어보며 기다려 보라고 했다. 비서는 도독 집무실로 들어가더니 금세 나와 못

마땅한 표정으로 회영과 이동녕에게 나가라고 했다.

"제발 도독을 만나게 해 주시오."

비서는 귀찮다는 듯이 눈살을 찌푸리며 "빨리 나가세요."라고 쏘아붙였다. 두 사람은 쫓겨 나오고 말았지만 그대로 돌아설 수가 없었다. 봉천에서 며칠 동안 묵으며 출퇴근 시간에 맞춰 관청 정문에서 지키고 있다가 부딪치기로 했다.

이틀이나 정문을 지켰지만 조이손 도독에게 접근조차 하기 어려웠다. 3일째 되는 날 아침 출근 시간에 회영이 수행원을 제치고 무조건 조이손 앞을 가로막고 나섰다. 조이손이 불쾌한 표정을 지었다. 눈치 빠른 수행원이 재빨리 회영을 제지하고 나섰다. 자존심이 상할 대로 상한 이동녕이 "그만 가십시다."라고 회영의 옷소매를 잡아당겼다. 두 사람은 힘없이 추가마을로 돌아오고 말았다.

옥수수는 알이 여물어 가면서 수염을 내기 시작했다. 힘이 오를 대로 오른 옥수수 잎이 힘차게 바람을 타더니, 곧 옥수수 수확도 끝나버렸다. 성큼 다가온 가을도 끝나가고 있었다. 추위가 빨리 찾아오는 만주는 10월이면 가을걷이를 끝내고 겨울 준비에 들어가야 했다. 사정을 알아챈 동지들이 추가마을을 뜨기 시작했다. 떠나가는 동지들이 있는가 하면 영문도 모르고 새로 들어오는 동지들도 있었다. 군사 기지 건립의 꿈을 안고 새로 동지들이 들어올 때마다 회영과 석영은 마음이 더욱 급해졌다.

회영이 다시 자리를 박차고 일어났다. 겨울이 오기 전에 조이손을

원세개의 도움

꼭 만나야 할 것이었다.

"형님, 다시 한번 조이손을 찾아가 봐야겠습니다."

"이번에는 나도 가마."

"형님은 몸을 생각하셔야지요."

"아니다. 이렇게 앉아서 속만 태울 일이 아니야."

"그래도 안 됩니다. 먼 길을 갔다가 형님께서 병이 악화되기라도 한다면 군사 기지는 누가 세운단 말입니까."

추가마을에서 봉천까지는 2천 리 길이었다. 그리고 석영은 관절염에 천식을 앓고 있었다. 회영은 석영을 설득하여 눌러 앉히고 이동녕과 함께 다시 봉천으로 갔다. 두 사람은 제발 기적이 일어나 주기를 바랐지만 조이손은 여전히 냉정했다. 다시 발길을 돌려야 했다.

"조이손 그놈, 내 죽어도 잊지 않을 것이오."

이동녕은 분노를 감추지 못하고, 회영은 우뚝 선 채로 관청의 높다란 깃대 끝에서 신바람 나게 휘날리는 청천백일기를 바라보았다. 빨간 바탕 한쪽 귀퉁이에 하얀 태양을 그려 넣은 깃발은 마치 천하를 얻은 것처럼 힘차게 펄럭이고 있었다.

그때 중국에서는 청 왕조를 무너뜨리고 새로운 국민국가를 세우자는 손문을 중심으로 일어난 군인들이 신해혁명(1911)을 일으켰다. 그리고 혁명이 발발한 지 불과 2개월 만에 독립을 선포하는 대역사를 이루어내어 손문이 임시 대총통이 되었고 남경에 '중화민국 임시정부'가 들어섰다. 청나라 황제가 물러가면서 황제 시대가 막을 내린 것이다. 그리고 청천백일기는 구시대를 몰아내고 새로운 세상을 열었다는 것을 나타내는 깃발이었다.

　그런데 손문은 3개월도 못 가 원세개(위안스카이)에게 총통 자리를 빼앗기고 말았다. 회영은 기세 좋게 펄럭이고 있는 청천백일기를 바라보며 원세개에 대한 생각에 사로잡혔다.

　"돌아가십시다. 여기 서서 남의 나라 깃발 바라본다고 무슨 수가 생기는 것도 아니질 않습니까."

　이동녕이 꼼짝하지 않고 청천백일기를 뚫어지게 바라보는 회영을 흔들어 깨웠다. 그때 회영이 무릎을 치며 소리쳤다.

　"방법을 찾았소이다!"

　"방법을 찾다니요?"

　"바로 원세개요!"

　"지금 원세개라 하셨소?"

　"그렇소. 원세개 총통."

　"3성의 도독도 못 만나는 처지에 원세개라니요?"

　"그러니 방법이란 것입니다."

　"갈수록 모를 소리만 하십니다. 원세개는 청 왕조를 무너뜨린 중국의 우상 손문을 내쳐 버리고 단숨에 중국 천하를 거머쥔 인물 아닙니까."

　"맞소. 그야말로 중국 천하를 좌지우지하는 무소불위 인물이지요."

　회영은 자신감에 차 있고, 이동녕은 의아한 표정으로 회영을 바라보았다.

회영은 추가마을로 돌아오기가 무섭게 석영에게로 갔다.

"형님, 좋은 방법이 있습니다."

"방법이라니, 그게 무엇이냐?"

"원세개 총통입니다. 원세개를 만나야 합니다."

"옳거니, 원세개가 총통이 되었지."

원세개는 조선 때문에 출세한 사람이었다. 임오군란 때 왕비의 요청으로 청나라가 4천 명 군사를 보내주었을 때 원세개가 그 군사를 이끌고 들어와 임무를 잘 수행한 덕분에 중국을 대표하는 '주차조선총리교섭통상사'가 되는 행운을 누렸다. 그렇게 하여 조선에서 오랜 세월 동안 살게 된 원세개는 조선의 내정 간섭까지 하는가 하면 조선의 왕에게 마치 친구를 대하듯, 말과 행동을 제멋대로 하여 조정 대신들이 골치를 앓았다. 그러나 성미가 불꽃 같은 원세개를 함부로 건드릴 수 없어 대신들이 안절부절못하는데, 다행히 영의정 이유원 대감과는 잘 소통되는 면이 있었다. 대신들은 골칫거리 원세개를 영의정 이유원 대감에게 떠넘겨 버렸고, 대감은 원세개를 천마산의 청강정, 한강변의 천일정, 남산의 홍엽정 등 세 곳 정자로 자주 초대하여 술과 차를 마시며 가까이했다. 그때마다 석영이 자리를 함께했다.

두 사람은 그때 30대 중반으로 나이가 비슷해 친구처럼 가까이 지냈다. 말을 타고 양주 땅을 달리기도 하고 함께 밤이 새도록 이야기를 나누기도 했다. 그런데 원세개는 한꺼번에 말술을 마시는 사람이었고 석영은 술 한 모금 입에 대지 못했다.

"술은 차를 대신할 수 없으나 차는 술을 대신할 수 있다고 하지요."

"역시 이 공다운 말씀이오. 한 잔 술에는 덧없는 인생이 있고 한 잔 차에는 온 우주가 있는 법이니까요. 그렇더라도 술꾼은 술꾼끼리 통하는 법인데 술 한 잔 못하는 이 공과 내가 밤새도록 담소를 나눌 수 있다는 것은 진심으로 마음이 통하지 않고는 있을 수 없는 일이지요."

"논어 자장 편에서 자하가 말하기를 '군자는 멀리서 보면 위엄이 있고 마주 보면 부드럽다'고 했는데, 원 대인께서 군자인 탓입니다."

원세개는 멀리서 보면 무척 거칠어 보였지만 가까이 대해 보면 정이 많은 사람이었다. 불꽃 같은 성미였지만 상대가 마음에 들었다 하면 마음을 아낌없이 주는 의리가 있었다.

석영은 그날을 떠올리며 회영, 이동녕과 함께 원세개를 만나기 위해 남경으로 갔다. 남경에 중화민국 임시정부가 있었다. 석영은 종이에 "조선의 영의정 이유원의 아들 이석영이 원 총통님께 감축 인사드립니다."라고 써서 비서실을 통해 총통실로 들여보냈다. 비서가 갖다 준 글을 읽은 원세개는 이석영을 단번에 떠올리며 자리에서 벌떡 일어나 비서실까지 나왔다.

"이 공께서 나를 찾아오시다니. 이게 꿈이요, 생시요!"

원세개는 허물없는 친구를 만난 듯 반가워했다. 역시 시원시원하고 호탕한 성격의 원세개였다. 한편으로는 총통이 된 자기 위치를 자랑하며 호들갑을 떨었다.

"어젯밤 꿈에 어떤 귀인이 나에게 절을 하더니, 오늘 이 공을 만날 꿈이었나 봅니다."

석영은 망설일 것도 없이 찾아온 용건을 말했다.

"우리 한족이 나라를 잘못 다스려 왜적에게 멸망하였으니 그 부끄러움과 분함을 잠시라도 잊겠는지요. 예로부터 중국과 우리 조선은 형제의 나라처럼 평화롭게 서로 친하게 지내 왔습니다. 또한 앞으로 조선이 살아남느냐 망하느냐가 중국에도 크게 영향을 미치게 될 것이오. 그러니 각하께서 만주로 옮겨 온 우리 동지들과 수많은 망명자들이 안전하게 살면서 조국 광복을 위한 젊은이들을 가르칠 수 있도록 허락해 주실 것을 원합니다. 그리하면 우리가 후일에 독립하여 왜적을 물리쳤을 때 그 공은 각하께서 보살펴 주신 덕택이 될 터이니 우리 한족은 영원히 잊지 못할 것입니다."

"역시 이 공다운 생각입니다. 일본은 우리 중국과 조선의 공동의 적이고말고요. 그리고 내가 오늘날 이 자리에 오른 것도 따지고 보면 조선에서 쌓은 공적 덕분임을 잊지 않고 있으니 이 공께서는 조금도 걱정하지 마세요. 어디 그뿐입니까, 전날 영의정 대감과 이 공이 나에게 베풀어 주신 호의를 생각해서라도 내 바로 일을 처리해 드리겠소. 앞으로도 불편한 일이 있으면 언제든지 말씀하세요."

석영은 추가마을에 한인들이 모여 살 수 있는 땅과 무관학교를 지을 수 있는 땅을 구입할 수 있도록 도와 달라고 했다. 원세개는 당장 붓을 들었다.

"유하현, 통화현, 환인현 현장들은 즉각 내 명령을 따르라. 일본에게 나라를 빼앗긴 조선 망명자들이 동북 각지에 살 수 있도록 허락할 것이며, 산업 발전과 교육 활동을 할 수 있도록 도울 것이며, 일정한 자주권을 주어 조선인의 독립투쟁을 지지할 것을 명령한다. 만약 내 명을 어긴 자는 누구든지 엄벌에 처할 것이다."

　원세개는 명령서를 비서 호명신에게 들려 주며 즉시 봉천으로 내려
가 도독 조이손을 만나 일을 처리하라고 지시했다.

　"꿈을 꾸는 것만 같습니다!"

　이동녕이 흥분을 감추지 못했다. 회영과 이동녕은 다시 봉천으로 조
이손을 만나러 갔다. 원 총통의 지시를 받은 도독 조이손은 마치 원세
개를 대하듯 회영과 이동녕을 깍듯이 영접했다.

　"전일 시국이 혼란한 관계로 무례를 범한 점 깊이 사죄드립니다. 부
디 용서하여 주시기 바랍니다."

　조이손은 깊숙이 머리 숙여 사죄하면서도 전날 용건을 들어 보지도
않고 문 앞에서 내쫓았던 것이 마음이 놓이지 않은 눈치였다. 조이손
은 뭔가 확실한 도움을 주어야 한다는 생각으로 비서를 회영 일행과
함께 마차에 태워 각 현으로 보냈다. 그리고 허리를 굽혀 깊숙이 인사
를 하면서 "총통 각하께 말씀 좀 잘해 주십시오."라는 말을 두 번이나
되풀이했다. 회영은 꼭 그러겠다며 고개를 끄덕여 주었다.

신흥무관학교를 세우다

원세개 총통의 명령이 떨어지자 추가마을 사람들이 앞다투어 땅을 내놓았다. 석영은 땅이 나오는 대로 사들였다. 앞으로 독립운동가들과 만주에 흩어져 있는 한인들을 모아들여 한인촌을 만들 계획이었다. 땅을 사들이는 일은 경만이 맡았다.

"대감마님, 땅을 사들이다 보니 양주로 돌아간 것만 같습니다."

"그렇게도 좋으냐?"

"예, 막혔던 숨통이 확, 터졌으니까요."

땅을 살 때마다 경만은 기쁨을 감추지 못했다.

무관학교를 지을 땅은 조이손 도독이 비서를 보내 합니하를 추천해주었다. 합니하는 추가마을에서 백 리쯤 떨어진 곳으로 소고산과 대고산이 둘러싸고 있었다. 끝없이 넓은 들이 한눈에 들어왔다. 들 아래로는 세 개의 강이 흐르고 있었다. 세 개의 강이 흘러와 그곳에서 만난다하여 합니하라고 불렀다. 들의 맨 끝에는 언덕이 둘러쳐져 있고 강 쪽에는 깎아지른 듯한 절벽이 병풍처럼 막아서 있었다. 사방 어디로 보나 요새 중 요새였다. 석영은 하늘에 감사하며 5만 평 땅값을 치렀다.

학교를 지을 땅이 마련되자 희망이 솟구쳐 올랐다. 합니하에서는 학교 건물을 짓기 시작했고 추가마을에서는 살아갈 집을 짓기 시작했다. 석영의 집은 경만이 감독을 맡았다.

"대감마님, 아흔아홉 칸 집은 못 짓더라도 추가마을에서 제일 큰 집을 지어 드릴 테니 조금만 참으셔요."

경만은 추가마을 사람들을 고용하여 집 세 채를 짓고 안채와 행랑채로 구분했다. 안채에는 방 세 칸에 널찍한 대청마루 두 개를 넣었다. 대청마루 하나는 가족들이나 손님들을 위한 것이고 하나는 제사를 모실 곳이었다. 들고나는 손님들이 지낼 곳인 행랑채 두 채에는 각각 방 다섯 칸과 대청마루 하나를 넣었다. 창고는 줄지어 네 개를 지었다. 땅을 많이 샀으므로 앞으로 거두어들일 수확을 염두에 둔 것이었다.

경만의 말대로 집은 추가마을에서 가장 큰 집이었다. 아흔아홉 칸은 아니지만 창고까지 합해 열아홉 칸이었다. 학교보다 먼저 완공을 마치고 새 집으로 이사를 했다. 추가마을 원주민들은 새로 지은 석영의 집을 왕의 집이라고 하며 석영을 '만주의 왕'이라고 불렀다.

석영은 사들인 땅을 내방청과 외방청 두 가지로 구분했다. 내방청은 만주로 들어오는 동지들이 자리를 잡을 때까지 농사를 지어 먹고살 수 있도록 돕는 정착 지원용이었다. 새로 들어온 동지들에게는 거주할 집과 일 년 치 양식을 마련해 주기로 했다. 외방청은 한인들이 농사를 지으면서 일정한 세를 내는 것이지만 일 년 수확에서 3분의 1만 받기로 했다.

외방청이든 내방청이든 궁극적으로 한인촌을 건설하는 것이 목적이었다. 수십 리, 수백 리 밖에서 중국 지주의 땅을 빌려 농사를 지으며 힘들게 살아가는 한인들이 소문을 듣고 추가마을로 들어오기 시작했다. 만주로 이주한 한인들은 모두 중국 사람들의 땅을 빌려 일 년 치 수확물에서 3분의 2를 땅 주인에게 바치며 살고 있었다. 그렇게 비싼 세를 바치고도 이모저모로 속으며 억울한 일을 당했다. 땅 주인들이 자기네들에게 이익이 되도록 계약을 해도 한인들은 중국 말과 글을 몰라 속게 마련이었다.

한인들이 계속 추가마을로 들어오자 지도자들은 한인들에게 나라를 사랑하는 마음과 농사를 잘 짓는 법과 읽고 쓰는 법을 가르치기로 하고 한인 연설회를 열었다. 드넓은 옥수수밭에 한인 3백여 명이 모였다. 이동녕이 의장이 되어 단에 올라 연설을 했다.

"동포 여러분, 이제부터 추가마을 독립운동 본부를 우리 터전으로 삼아 조국을 찾을 때까지 하나로 뭉쳐야 합니다."

두 번째로 경북 대표 이상룡이 단에 올랐다.

"지금은 우리가 고통 속에 있지만, 반드시 그 끝이 있을 것이니 끝까지 나라를 찾아야 한다는 마음으로 서로 의지하면서 다 함께 힘을 합쳐 애써야 할 것이오."

단에 오르기를 극구 사양하던 석영도 동지들의 요청에 못 이겨 한마디를 했다.

"공자께서 말씀하시기를 날 때부터 아는 사람은 가장 으뜸이요, 배워서 아는 사람은 그다음이요, 어려운 처지에서도 배우는 사람은 또 그다음이요, 어려운 처지에서도 배우지 않는 사람은 가장 밑이라 하셨소. 이 말은 어려운 처지라 하여 배우기를 꺼리는 사람은 어떤 사람인지를 잘 말해 주고 있으니 이것을 가슴에 새기고 앞으로 부지런히 배워서 훌륭한 동포들이 되어 주기 바라오. 잘 먹고 잘 살기 위해서도 배워야 하고 나라를 찾기 위해서도 배워야 할 것이오."

석영은 논어 계씨 편에 나온 말을 인용하며 어려울수록 배워야 사람답게 산다는 뜻을 강조했다. 석영의 말이 끝나자 한인들이 "그저 밥만 먹으면 사는 줄 알았는데."라며 눈물을 흘렸다. 이제야말로 사람답게 사는 길을 찾았다는 감격의 눈물이었다.

동지들은 한 발 더 나아가 한인들이 자리를 잡도록 돕고 농업을 지도하는 조직을 만들기로 했다. 일하면서 배운다는 의미로 이름을 '경학사'라고 지었다. 남녀노소를 가리지 않고 한인들을 교육시킬 것과 조선에서 군인과 군관이었던 사람들을 다시 훈련시켜 장교로 삼고 애국 청년들과 청소년들을 교육하여 국가의 인재로 키운다는 것을 목표로 삼았다.

교육은 우선 합니하에 학교 건물이 완성될 동안 추가마을에서 하기로 했다. 수백 명이 들어갈 수 있는 넓은 옥수수 창고를 빌려 임시 교실로 쓰기로 했다. 강습소 이름은 신민회의 정신과 목적을 잇기로 하고 신민회의 '신' 자와 새롭게 시작하는 구국 투쟁을 의미하는 '흥' 자를 따 '신흥강습소'라고 지었다. 낮에는 청소년들을 가르치고, 밤에는 농사일을 마친 성인들을 가르쳤다. 청소년들에게는 중등 과정을 가르치고 특별반으로 군사 훈련반을 추가했다.

성인들은 평생 글을 배워 본 적이 없는 문맹자들이 대부분이었다. 하루 종일 들일을 하고 지친 몸으로 연필에 침을 발라 가며 글자를 한 자, 한 자, 꼭꼭 눌러쓰는 모습은 눈물겨운 풍경이었다. 남자들은 셈법과 한문에 뛰어났고 여자들은 한글과 역사에 뛰어났다. 그들은 날마다 달라져 가면서 배움에 대한 기쁨을 서로 고백하기에 바빴다.

"세상이 다 내 것인 것만 같아."

"한 자 한 자 알 때마다 임금님이 부럽지 않다니까."

"사람은 배우지 않으면 금수와 마찬가지라고 했는데, 그 말 이제야 알 것 같지 뭔가."

"맞아, 지난날 우리가 살았던 세월은 사람이 사는 게 아니었어. 일하고 밥 먹고 잠이나 자는 짐승이었지."

"생각할수록 끔찍하구만."

소문은 바람처럼 퍼져 나갔다. 신흥강습소 소문이 유하를 거쳐 길림성 전역으로 퍼지면서 한인들이 너도나도 자식들을 신흥강습소에 보내기를 원했다. 자식들뿐만 아니라 어른들도 배우고 싶어 먼 길을 찾아오기도 했다. 그런 현상은 누구보다도 석영을 기쁘게 했다. 석영은 먼 곳에 있는 한인들이 추가마을까지 오지 않고도 배울 수 있는 방법을 찾아야 한다고 생각하며 회영과 의논했다.

"먼 곳에 사는 우리 동포들을 위해 다른 배움터를 마련해 주어야겠구나."

"저도 마침 그런 생각을 하고 있었습니다. 신흥강습소에 올 수 없는 동포들을 위해 학교를 세우는 게 좋을 듯합니다."

"그럼 내일부터라도 당장 길림성을 돌아보거라."

회영은 곧 일을 실행에 옮겼다. 막내 호영과 경만이 회영을 따라다녔다. 호영은 학교를 책임지고 관리하기로 하고 경만은 석영이 내준 자금을 맡았다. 회영은 유하현, 통하현, 환인현 등에 가옥 여덟 채를 구입하여 학교 여덟 곳을 설립했다. 호영이 교장을 맡고, 교사들은 애국지사들 가운데 교사 경험이 있는 사람들을 골라 곳곳으로 보냈다.

신흥강습소 교육이 그렇게 이루어져 갈 동안 합니하에서는 장유순이 학교 설계도를 그리고 기초 공사를 계획했다. 장유순은 건축 설계와 토목 일에도 전문가였다. 동지들은 먼저 높고 낮은 땅을 평지로 만든 다음, 산에서 수백 년 묵은 나무를 베어다가 재목을 다듬고, 흙을 이겨 벽돌을 구웠다. 신흥강습소 학생들은 방과 후에 괭이와 낫을 들고 나가 풀을 베고 나무뿌리를 캐냈다. 여자들은 신경피, 황경피, 갈매나무 열매를 따다 삶아서 물들인 흑갈색 황갈색 무명으로 군복이나 다름없는 교복을 만들었다.

그렇게 신흥무관학교 교사 건축이 순조롭게 진행되어 가는 가운데, 석영이 둘째 아들을 얻었다. 젊어서도 좀처럼 아이를 낳지 못했는데 나이 57세에 아들을 얻은 것이다. 그렇지 않아도 영의정 이유원 가문은 자식이 귀한 데다 하나밖에 없는 장남 규준이 16세였으므로 석영의 기쁨은 하늘에 닿았다. 석영은 새로 얻은 아들 이름을 '규서'라 짓고 동지들과 학생에게 쌀밥과 고깃국으로 잔치를 베풀었다.

경사는 또 겹쳤다. 규서가 태어나고 4개월 뒤 회영이 아들을 얻었다. 이름을 '규창'이라고 지었다. 형님과 아우가 각각 아들을 얻었고 드디어 학교 건물이 완성되었다. 첩첩이 둘러친 소고산과 대고산을 업고 세 개의 강을 수족처럼 끼고 들어선 학교는 엄숙한 광복군의 면모를 띠었다.

"우리가 만주 땅에 무관학교를 세우다니. 꿈만 같습니다, 우당 동지."

군사 기지 답사부터 함께한 이동녕이 회영의 손을 잡고 감격했다.

학교는 교실 여덟 개와 드넓은 운동장과 기숙사를 갖추었다. 각 학년별로 널찍한 교실과 강당과 교무실을 들였다. 내무반 내부에는 사무실과 숙직실, 편집실, 나팔반, 식당, 취사장, 비품실을 갖추었다. 가장 큰 교실에 총기류를 걸어 두고 총기마다 생도들의 이름을 써 붙였다.

1912년 6월 7일, 드디어 완공식이 거행되었다. 학교 이름은 신흥강습소에서 '강습소'를 떼어내고 '신흥무관학교'로 지었다. 동지들과 학생들 그리고 수백 명 한인들이 모여 눈물바다를 이루었다. 학교를 세우는 데 자금을 쏟아부은 석영은 교주(이사장)가 되고, 셋째 철영은 교장이 되었다. 교감에는 윤기섭을 임명했다. 교사는 김탁과 신학문을 배운 6형제의 첫째 이건영의 장남 이규룡, 다섯째 이시영의 장남 이규봉 등과 장유순의 동생 장도순, 이갑수, 서웅, 관화국 등이 임명되었다. 김탁, 이규룡, 이규봉, 이갑수, 장도순 등은 모두 상동학원 출신이고, 서웅과 관화국은 중국인으로 중국어 선생이었다. 군사 훈련 교관

거룩한 길

은 대한제국 무관학교 출신인 이관직, 이장녕, 김창환, 김형선 등을 임명했다.

신흥무관학교는 일제와 싸울 군관을 기르는 것이 목적이었지만 인문학을 중심으로 했다. 입학 자격은 군관으로 길러낼 것을 생각하여 최하 18세 이상 25세 미만으로 체격이 좋고 건강한 청년들을 선발하기로 했다. 학생들 학비와 기숙사비는 전액 무료였다. 기숙사가 부족해 들어가지 못한 학생들은 석영의 집과 형제들과 동지들 집에서 분담하여 맡기로 했다. 교사들 월급은 중국어를 가르치는 중국인 교사 두 사람에게만 주고 동지들은 단 한 푼도 받지 않기로 했다.

학칙과 교과는 신흥강습소 것을 재정비하여 3년제 중등 과정을 본과로 하고 1년제 군사과를 추가했다. 본과 과목으로 한글, 중국어, 영어, 불어, 한문, 한국 역사, 세계역사, 과학, 지리, 산술(수학), 창가(음악), 총검술 등을 개설했다. 군사과는 1년제 외에도 6개월, 3개월짜리 속성반을 따로 운영하기로 했다.

학교는 개교하자마자 명문으로 소문이 나면서 만주 구석구석에서 한인 청년들이 찾아왔다. 국내에서도 군사 교육을 받기 원하는 청년들이 찾아왔다. 엘리트 장교 출신인 이관직, 이장녕, 김창환, 김형선 등이 실시하는 무관 교육이 그들에게 동경의 대상으로 떠오른 탓이었다.

석영은 학교를 세운 교주가 되었으므로 이제부터는 호칭을 대감에서 교주 어르신으로 고쳐 부르기로 했다. 지금까지 동지들은 석영을 정동 대감이라 불렀고 한인들은 '영의정댁 대감'이라고 불렀다. 그리고 회영과 다른 형제들은 '판서댁 나리'라고 불렀다. 그런데 회영이 조선에서 부르던 호칭이 현실에 맞지 않으니 고쳐 부르게 해야 한다고 주장했다.

"형님, 이제 세상이 달라졌으니 대감이나 나리라는 호칭을 고쳐 부르게 함이 좋을 듯합니다."

"네 생각이 옳다."

석영은 회영의 생각을 흔쾌히 받아들였다. 오로지 한 사람 경만이 받아들이기 힘들어했지만 경만도 따르지 않을 수가 없었다.

험난한 만주 생활

학생들의 학교 생활은 곧 병영 생활이었다. 새벽 6시에 기상나팔 소리가 울려 퍼지면 3분 이내에 옷을 단정히 입고 자리를 정리하고 검사장으로 뛰어가 인원 점검을 받고 보건 체조를 시작했다. 영하 20~30도를 오르내리는 한겨울에도 윤기섭 교감은 홑겹 무명 저고리를 폭풍 같은 바람에 팔팔 날리며 학생들을 점검한 다음 체조를 지도했다. 애국심을 따로 강조하지 않아도 그것만으로도 충분했다. 학생들은 체조가 끝나면 세수를 하고 내무반 나팔 소리에 따라 식탁에 둘러앉아 옥수수밥이 주식인 식사가 시작되었다. 아침 식사 후 애국가 제창을 하고, 이어서 교장이 망국의 한을 토하는 눈물의 훈화를 했다. 그럴 때면 학생들은 더욱 애국심이 충천하여 주먹을 불끈 쥐고 몸을 부르르 떨었다. 교장의 훈시가 끝나면 학생들은 흑갈색, 황갈색 제복에 총을 메고 구령에 맞춰 행진을 시작했다.

학교는 중등 과정인 본과 3년 과정과 무관 훈련을 하는 군사과 1년 과정으로 나뉘어 있었지만 본과도 군사 훈련을 기본으로 받았다. 훈련용 총은 나무를 깎아 몸체를 만들고 쇠로 방아쇠를 단 목총이었다. 넓은 연병장에서 김창환 교관이 우렁차게 구령을 붙이면 학생들은 한 점 흐트러짐 없이 똑같이 움직였다. 훈련은 실전과 똑같은 전투 상황에서 했다. 험한 산을 따라 고지를 찾아 헤맨 끝에 가상의 적을 찾아내어 공격과 방어를 하는 치열한 싸움이 벌어졌다.

길고 긴 강을 헤엄쳐 건너는 상륙 작전도 실전을 넘어섰다. 칠흑 같은 밤중에 비상 나팔 소리가 울리면 학생들은 죽은 듯이 잠들었다가도 총알같이 몸을 일으켜 총이 걸려 있는 곳으로 달려가 자기 총을 찾아냈다. 체육 시간 역시 체력 단련을 넘어선 강행군이었다. 추운 겨울밤에 돌을 짊어지고 강을 따라 수십 리 길을 달리기, 꽁꽁 언 얼음 위에서 평지처럼 달리고 걷기, 장검을 법도 있게 쓰는 격검춘추대 운동으로 몸과 정신을 단련시켰다.

학교는 날마다 희망이 솟구쳐 올랐다. 1년제 군사과는 벌써 졸업생이 나와 독립군을 지도하는 교관으로 진출했다. 유하현, 환인현 등에 세운 작은 학교들도 하루가 다르게 성장해 가고 있었다. 그 가운데 매하구시 '중심학교(중심소학)'와 환인현의 '동창학교'가 가장 번성했다. 동창학교에는 해룡현, 신빈현, 통화현, 청원현, 산성진 등에서 학생들이 모여들었다. 이제는 그런 학교들이 다시 학교를 세우면서 한인들 자녀 가운데 학교에 다니지 않는 아이가 없었다. 교장을 맡고 있는 호영이 더 이상 감당할 수가 없어 각 학교마다 새로 교장을 뽑았다. 그렇게 한인 교육이 잘 되어 가자 호영이 흥분을 감추지 못했다.

"형님, 요즘엔 아침마다 눈을 뜨면 조국 광복이 문밖에서 기다리고 있는 것만 같습니다."

"그들이 모두 우리 독립군이 될 테니 더 열심을 내야 한다."

그런데 만주는 두려운 곳이기도 했다. 여름에는 햇살이 만주 벌판을 모조리 태워 버릴 것처럼 뜨겁고, 겨울에는 영하 30도 추위가 땅속 2미터까지 얼려 버렸다. 또 전염병, 가뭄, 마적 떼가 숨어 있었다. 전염병이 닥치면 낯선 땅에 익숙해지지 못한 한인들이 속수무책으로 죽어나갔다. 가뭄은 만주 벌판을 사막으로 만들어 버렸다.

시련은 가뭄부터 찾아왔다. 가뭄은 산불 같았다. 풀포기 하나 없는 땅은 밟을 때마다 흙먼지가 연기처럼 피어올랐다. 신흥무관학교에서는 학생들을 먹이고 가르치는 데 드는 비용이 모두 무료인 탓에 학교 사정이 날로 어려워져 갔다. 거기다 중국인 교사들에게 매달 월급도 주어야 했다. 석영은 계속 금고를 열어 2백 명이 넘는 학생들과 교사와 교관들의 식비와 중국인 교사들의 월급을 지출했다. 마치 열어 놓은 수문에서 물이 흘러나가듯 돈이 흘러나갔다. 금고지기 경만이 애가 탔다.

"어르신, 이제는 금고를 닫아야 합니다. 이러다가는 금고가 바닥이 나고 말 것입니다."

"내가 세운 학교다. 그러니 내가 하지 않으면 누가 하겠느냐. 국내에서 독립 자금이 들어올 때까지는 도리가 없는 일 아니냐."

금고 걱정을 하는 경만은 만주에 와서도 석영의 재산 관리를 맡았고, 상황이 나빠져 가자 불안해진 것이었다. 네 개나 되는 창고도 점점 비어 가고 있었다. 경만은 돈을 아끼기 위해 옥수수 대신 중국인들이 오랫동안 저장해 두었다가 내다 파는 묵은 좁쌀로 양식을 대체하기로 했다. 추가마을에서 백 리 밖에 있는 통화읍에 나가면 퀴퀴한 냄새가 나는 좁쌀이 산더미처럼 쌓여 있었다. 옥수수 절반 값이었다. 그런데 석영이 화를 냈다.

"묵은 좁쌀밥이라니, 그게 말이 되느냐!"

"이대로 가다가는 묵은 좁쌀밥도 먹기 어려워질 것입니다."

"학생들이 그걸 먹고 어찌 산을 오르내리고 강을 헤엄칠 수 있단 말이냐."

이만 석지기 부자로 살아온 석영은 금고가 빈다는 것이 어떤 것인지 실감하지 못했다. 그걸 잘 아는 경만은 금고 문제에 있어서는 석영의 말을 듣지 않기로 했다. 경만은 자기 계산대로 묵은 좁쌀로 밥을 짓고, 반찬은 비싼 채소 대신 콩장으로 버티기로 했다.

학생들과 교관들은 묵은 좁쌀밥과 콩장을 먹고도 높고 험한 산을 빠르게 오르고 강변을 따라 달리며 열심히 훈련을 했다. 구령 소리도 평소와 전혀 다르지 않았다.

"저 훌륭한 나무에 물을 듬뿍 주어야 할 텐데!"

굶주린 배를 움켜쥐고도 열심히 가르치는 교사들과 열심히 배우는 학생들을 바라보며 회영은 탄식을 금치 못했다.

신민회에서 만주에 군사 기지를 만들자고 결의할 때, 석영이 무관학교를 세우면, 그다음부터는 자금을 모아 학교를 운영한다는 계획이었지만 일이 완전히 빗나가고 말았다. 국내 사정도 일본의 감시 때문에 어려운 탓이었다. 회영은 고심 끝에 자금을 구하러 직접 국내로 가리라 마음먹었다.

"형님, 아무래도 제가 국내로 들어가야 할 것 같습니다. 경만이 말대로 형님에게만 이 짐을 지게 할 수는 없으니 말입니다."

"가뭄이 끝나면 나아질 일이니 조금만 더 참고 견뎌 보자꾸나. 일제는 지금 신민회 동지들을 잡는 데 혈안이 되어 있다는데 지금 국내로 간다는 것은 위험하기 짝이 없는 일이 아니냐."

때마침 국내에서는 조선총독부 명령으로 신민회 회원들을 모조리 잡아들이고 있었다. 비밀 모임인 신민회 정체가 드러나면서 양기탁, 이승훈을 비롯하여 전국에서 동지들 8백여 명이 붙잡혀 그 가운데 105명이 형을 받은 실정이었다. 그런 처지이니 자금을 모아 보내기는커녕 마음 놓고 다닐 수도 없었다. 그렇더라도 믿을 곳은 국내밖에 없으므로 회영은 위험을 무릅쓰고 국내로 갈 결심을 굳혔다. 어차피 가뭄과 상관없이 신흥무관학교 문제는 대책을 세워야 할 일이었다.

국내로 간 회영은 좀처럼 소식을 전하지 못하고, 만주는 여전히 불안불안했다. 회영이 없는 상황이라 석영은 모든 것을 혼자 감당해야 할 처지에 놓이고 말았다.

만주에서는 가뭄이 지나가고 잠시 숨을 돌릴 만하자 이번에는 마적떼가 출몰했다. 마적의 속성을 잘 아는 만주 원주민 지주들은 매년 일정한 돈을 상납하면서 화를 면했다. 그래서 마적들은 돈을 상납하지 않는 한인들을 표적으로 삼았다. 때마침 석영은 만주의 왕으로 불릴

만큼 유하현 일대에서 큰 지주로 소문이 나 있었고, 마적 떼들이 이를 포착했다.

　겨울에 석영이 회갑을 맞아 가족들과 신흥무관학교 교사들이 석영의 집에 모였다. 만주에 온 지 5년 차에 맞이한 회갑이었다. 경만은 아무리 어려워도 석영의 회갑상만큼은 잘 차려야 한다고 생각하고 멀리 통화읍에 나가 장을 보았다. 그동안 학교를 살리느라 금고를 열어 놓고 돈을 물 쓰듯 했던 일을 생각하면 장거리를 아무리 많이 사도 아깝지 않았다. 모처럼 석영의 집에서는 전 부치는 냄새와 고깃국 냄새가 퍼졌다. 떡시루에서는 무럭무럭 김이 올랐다.

　"이렇게 모여 음식을 장만하니 고향에 온 듯합니다."

　여자들도 음식을 장만하면서 모처럼 행복한 시간을 가졌다. 갖가지 음식을 차려 놓고 맏이 건영이 축사를 하고, 철영, 시영, 호영 아우들이 절을 하면서 만수무강을 빌었다. 다음으로 아들과 조카, 조카며느리들이 절을 올렸다. 그다음은 신흥무관학교 교사들이 절을 올리며 건강을 축원했다. 마지막으로 경만이 절을 올렸다. 경만은 만수무강을 빌면서, 그만 눈물을 펑펑 쏟아냈다.

　"어르신, 가오실이나 정동 집에서 받으셔야 할 회갑상을 낯설고 물선 만주 땅에서 받다니요. 도대체 이게 말이 되는지요."

　경만이 때문에 갑자기 눈물바다가 되고 말았다. 맏이 건영도 셋째 철영도 다섯째 시영도 막내 호영도 모두 눈물을 흘렸다.

　"오늘은 영석 어르신께서 회갑을 맞이하신 기쁜 날인데 우리가 어르신을 기쁘게는 못해 드리더라도 울어서는 안 됩니다. 모두 마음을 가라앉히시기 바랍니다."

교감 여준이 정리를 하고 나섰다. 그도 한바탕 눈물을 흘린 뒤였다. 만리타향 험한 만주 땅에서 차린 눈물의 회갑 잔치였지만 모처럼 행복한 시간이기도 했다. 잔치가 끝나고 모두 각자 자기 집으로 돌아갔지만 회영의 아내 은숙은 아이들을 데리고 남았다. 석영이 며칠 더 머물다 가라고 붙잡은 탓이었다. 석영은 회영이 국내로 간 다음부터 은숙과 아이들의 보호자 노릇을 했다.

잔치가 끝나고 3일째 되는 날 이른 새벽, 은숙은 측간에 가느라 마당으로 나갔다. 그때 어디선가 섬뜩한 바람이 몰려왔다. 만주 벌판을 달릴 때 들었던 바로 그런 말발굽 소리였다. 등골이 오싹했다. 아무래도 이상하다는 생각이 들어 되돌아 방으로 들어가려는 순간 수십 명 마적들이 마당으로 들이닥쳤다. 마당에서 맞닥뜨린 마적이 은숙을 향해 총을 쏘았다. 총알이 왼쪽 어깨를 관통하면서 은숙은 그 자리에 쓰러지고 말았다.

마적 떼가 출물했다는 것을 알아차린 경만은 번개처럼 석영의 방으로 뛰어가 금고를 안고 달아났다. 경만은 정신없이 뛰고 또 뛰면서 "큰사랑 대감마님(영의정 이유원), 그리고 조상님네들 제 목숨은 잃을지언정 이것만은 지켜 주소서!"라고 빌었다.

은숙을 쏜 마적들이 우르르 방으로 쳐들어가 일부는 석영을 묶고 일부는 방마다 다니며 현금이나 마찬가지로 통하는 옷가지와 물건들을 자루에 쓸어 담았다. 어린아이들 울음소리가 터져나왔다. 안방에서는 석영의 세 살배기 아들 규서가 울고, 건넛방에서는 회영의 아들 세 살배기 규창이 울었다. 아이들이 울자 마적들이 소리를 지르며 공포탄을 쏘아댔다.

들짐승처럼 방마다 우르르 몰려다니는 발길에 규창이 밟힐 듯 말듯 아슬아슬하게 스쳤다. 마적들 발길에 화로가 넘어져 이글거리는 불이 쏟아졌다. 울면서 방을 기던 규창이 불을 짚고 넘어지고 말았다. 뺨이 불에 닿고 손으로는 불을 쥔 아이가 자지러지게 울었다. 자지러진 아이의 울음이 혼미한 은숙의 의식을 흔들어 깨웠다. 은숙은 필사의 힘으로 방을 향해 기었다. 피가 낭자한 몸으로 불에 엎어져 있는 아이를 들어내어 안았다. 아기는 엄마가 왔지만, 울음을 그치지 못했다. 은숙의 몸에서 흘러나온 피가 아이를 붉게 물들였다.

온 집안을 휘저으며 난장판을 친 마적 떼는 석영과 행랑채에서 기거하는 학생들을 납치하여 산속으로 사라졌다. 마적들은 잡아간 인질의 몸값을 만족할 만큼 주지 않으면 귀를 잘라 보내고, 그래도 만족할 만큼 돈을 주지 않으면 손가락을 잘라 보내고, 끝내 만족하지 못할 때는 목을 잘라 보낸다는 소문이 있었다. 사람들은 그런 소문을 생각하며 공포에 떨었다. 불과 두 달 전만 해도 추가마을에서 40리쯤 떨어진 한인 마을에 마적 떼가 출몰하여 어린아이들을 인질로 잡고, 한 아이당 얼마씩을 책정해 돈을 가져오는 대로 풀어준 일이 있었다.

경만은 금고에 들어 있는 금을 가지고 가 석영을 구해 와야 하는지 아니면 기다려야 하는지 판단하기 어려웠다. 일단은 그쪽에서 협상을 해 올 때까지 기다리는 수밖에 없었다. 한편으로는 석영을 믿었다. 마적 떼들에게도 한 가지 철학이 있었다. 그들은 선비를 숭상한 탓에 선비는 공격하지 않았다. 석영의 인품이라면 마적 떼들을 설득시킬 수도 있을 것이었다.

총을 맞은 은숙은 결국 혼수상태에 빠지고 말았다. 신흥무관학교 교사들과 학생들이 달려와 일부는 총알이 뚫어 놓은 상처에 치약을 욱여넣어 지혈을 시키고, 일부는 통화읍에 있는 적십자병원으로 말을 달렸다. 통화읍 적십자병원 원장은 서울 세브란스병원에서 명성을 날리던 김필순 박사였다. 김필순은 석영, 회영 형제들과 가까운 사이로 형제들을 따라 만주로 망명하여 한인들을 치료하면서 독립운동 기지의 중간지 역할을 하고 있었다.

김필순 박사가 소스라치게 놀라, 험준한 고개 세 개를 넘어 2백 리 길을 밤새워 말을 달렸다. 김필순 박사 신고로 통화현에서 파견한 백 명이나 되는 군인들도 함께 출동했다. 백 명의 군인을 보내 준 것은 석영의 명성을 알고 있는 통화현 현장이 특별히 베푼 배려였다. 군인들은 서둘러 석영 일행을 구하러 마적 떼가 은거하고 있는 산으로 출동하고 김필순 박사는 혼수상태에 빠져 있는 은숙과 화상을 입은 아기를 병원으로 이송했다. 김필순 박사는 두 모자를 살리는 데 모든 것을 걸었다.

한편 석영을 구하기 위해 군인들이 도착하자 이미 석영을 석방한 상태였다. 석영이 선비라는 것을 안 마적 두목이 보내 주라고 명령한 것이었다. 그리고 두목이 군인들 앞에 무릎을 꿇고 앉아 용서를 비는 것이었다.

그렇게 석영은 무사히 구조되어 집으로 돌아왔고, 은숙과 규창이는 6개월 만에야 상처가 아물었다. 은숙은 무사히 생명을 건졌으나 건강이 말이 아니었다. 석영은 경만을 시켜 보약을 지어 오게 하면서 은숙을 돌봐 주었지만 마음이 놓이지 않았다. 아예 은숙과 아이들을 집으로 불러 함께 살기로 했다.

"아우가 쉬 돌아오지 못할 것 같으니 아이들 데리고 집으로 들어오세요."

한집에서 살아가게 된 아이들은 날마다 뒤엉켜 놀면서 싸우기도 했다. 석영이 나이 육십을 바라보며 얻은 규서가 4개월 늦게 태어난 규창을 늘 제압하려고 했다. 석영 부부가 눈에 넣어도 아프지 않을 만큼 너무 애지중지한 탓이었다. 석영은 늦둥이 자식 사랑에 혼을 빼앗겼다. 어떤 일이 있어도 규서에게만은 쌀밥을 먹여야 했고, 경만은 규서를 위해 자주 통화읍에 나가 제일 좋은 쌀을 골라 사 왔다.

"이래서 공자님께서 부모에 대한 효를 그리 애타게 당부하셨나 보구나."

석영은 하얀 쌀밥을 맛있게 먹는 규서를 바라보며 늦둥이 규서에 흠뻑 빠진 자신의 심정을 스스로에게 말했다. 옆에서 경만이 규서의 머리를 쓰다듬으며 한마디를 했다.

"규서야, 넌 이다음에 크면 남보다 열 배로 효도해야 한다. 다른 사람들은 다 옥수수밥, 조밥을 먹어도 너에게는 쌀밥을 먹이는 아버님이시다."

규서는 머리를 끄덕였다. 규서는 여섯 살에 동몽선습을 뗄 정도로 총명해 더욱 깊은 사랑을 받았다.

복병은 언제나 문밖에서 차례를 기다린 듯했다. 이번에는 전염병이 습격했다. 만주열(장질부사)과 홍역이 만주 전역을 휩쓸었다. 가장 먼저 다섯째 시영의 가족들이 죽어 나기 시작했다. 큰아들 규봉의 두 아이가 홍역으로 죽고, 아이들 뒤를 따라 시영의 부인 박 씨도 만주열로 목숨을 잃고 말았다. 회영의 가족들도 전염병을 피하지 못했다. 은숙, 규숙, 규창이 모두 홍역에 걸렸다. 은숙은 홍역에다 만주열까지 겹쳐 살기가 어렵다고 가족들이 발을 굴렀다. 석영은 충격을 받고 토혈하며 쓰러지고 말았다. 홍역과 장질부사도 모자라 천연두까지 겹치면서 만주는 죽음의 땅으로 변해 가고 있었다.

신흥무관학교 학생들과 동지들도 자고 나면 누군가 죽어 나갔다. 석영은 다행히 별일 없이 털고 일어났지만 은숙과 아이들은 좀처럼 좋아지지 않았다. 쓰러졌다가 겨우 몸을 추스른 석영은 어떻게 해서라도 회영 가족들을 살려야 한다는 일념으로 경만이 약을 달이는 것을 지켜보면서 밤새도록 약탕관을 맴돌았다.

"제가 알아서 잘 할 테니 어르신께서는 눈 좀 붙이시지요. 이제 겨우 쾌차하셨는데, 그러다가 또 병을 얻을까 두렵습니다."

"병은 약으로만 고치는 게 아니다. 지성이면 감천이라고 했느니라."

석영의 정성은 하늘을 감동시키고 말았다. 은숙과 아이들이 무사히 회복되었다. 석영은 기쁨을 감추지 못한 채 이번에는 몸을 도와야 한다면서 은숙과 아이들에게 고깃국을 끓이고 쌀밥을 먹이도록 했다. 철

없는 규창이 며칠 동안 고깃국과 쌀밥을 먹게 되자, 또 아프면 안 되느냐고 엄마에게 물었다.

거룩한 길

가슴 아픈 이별

그립고 그리웠던 서울 땅, 서울 하늘이 회영을 맞이했다. 회영은 서울에 오자 조국의 하늘 냄새에 가슴이 벅차올랐다. 사람이라면 와락 끌어안고 얼굴을 비비고 싶었다.

회영은 어느새 종현성당(명동성당의 옛 이름) 언덕에 서 있었다. 조선 초기 종현고개는 북을 매달아 놓고 백성들이 왕에게 하고 싶은 말이 있을 때 북을 치게 했던 곳이었다. 그리고 임진왜란 이후부터는 이곳에 종을 매달아 놓고 야간 통행 금지와 해제를 알리는 인정(人定)과 파루(罷漏)를 쳤다. 그래서 종현고개라 불렸고 성당도 종현성당이라고 했다.

회영은 종현성당 언덕에서 본가 저동 집을 내려다보았다. 총독부가 접수해 버린 집은 나라 잃은 모습을 적나라하게 보여주고 있었다. 대문은 출입을 못 하도록 나무를 대고 못을 쳐 버린 상태였다. 집은 고요했다. 후원에 서 있는 나무들과 검은 오죽 숲이 서러운 듯 애절하게 몸을 흔들었다. 사당으로 한달음에 달려 내려가 "아버님 어머님, 저 왔습니다.” 하고 엎드려 통곡하고 싶었지만 어림없는 일이었다. 앞뜰에 서 있는 은행나무가 보였다. 은행나무가 별 탈 없이 있어 준 것만 해도 다행이었다.

무엇보다도 석영 형님 집이 궁금했다. 정동으로 갔다. 아흔아홉 칸 석영 형님 집도 마찬가지로 대문을 폐쇄해 놓은 상태였다. 허탈한 심정을 가누지 못한 채 하늘을 우러렀다. 하늘은 무심하게 구름만 흐를 뿐 말이 없었다. 묵묵히 기다려야 한다는 명령 같기도 하고, 한편으로는 위로 같기도 했다.

집을 둘러본 회영은 일본 형사들의 감시 대상에 있는 동지들에게 함부로 접근할 수 없어 어디론가 걸었다. 남대문 시장통에 있는 상동교회 전덕기 목사에게 가고 싶은 마음이 간절했지만, 신민회 105인 사건 때문에 상동교회는 특급 사찰 지역으로 일경의 눈 안에 있었다. 그걸 알면서도 발길은 어느덧 상동교회로 향하고 있었다. 상동교회 정문이 바라보이는 곳에서 걸음을 멈추었다. 헌병들이 조선총독부 정문을 지키듯 단단히 지키고 있었다. 당장 만나고 싶은 전덕기 목사 대신 상동교회 지붕에 세워져 있는 십자가만 바라보고 발길을 돌렸다.

해가 지자 종현성당에서 저녁 미사를 위한 종소리가 울려 퍼졌다. 불빛이 돋아나기 시작했다. 가난한 사람들이 모여 사는 익량골로 향했다. 상동학원 제자 윤복영의 초가집 싸리문을 밀고 작은 마당으로 들어섰다. 개가 짖어 댔다. 봉창을 열고 내다보던 윤복영이 소스라치게 놀라며 맨발로 뛰어나와 영접했다.

“우당 선생님 아니십니까?”

"놀랄 줄 알았네."

회영이 서울에 잠입했다는 소식을 들은 월남 이상재 선생과 젊은 이덕규, 유기남, 유진태가 달려왔다. 이상재는 원로였고 젊은 사람들은 모두 상동학원 출신으로 회영의 제자들이었다.

"저들이 지금 우당 선생님 가문의 망명을 막지 못한 것을 한탄하고 있습니다."

"영석 대감 정동 집과 저동 집도 토지 조사 사업을 시행할 때 총독부에서 접수하면서 양쪽 사당을 철거해 버렸지 뭡니까. 가문의 맥을 끊어 놓겠다는 것이라고 합니다."

"참 영석 대감께서 애지중지한 백마도 총독부에서 빼앗아다가 데라우치 총독 놈이 타고 다닌답니다."

잠잠히 듣고 있던 회영이 크게 심호흡을 퍼냈다.

"차라리 듣지 않는 것만 못하시지요?"

"나라도 빼앗겼는데 그런 게 무슨 소용인가. 어차피 다 버리고 간 것들인데."

회영은 말은 그렇게 했지만 가슴이 몹시 아팠다. 제자리에 붙박여 있는 집이야 어쩔 수 없이 버리고 간 것이지만 백마 유휘는 영의정 이유원 대감부터 석영 형님이 자식처럼 애지중지 아낀 애마였다. 그런데 하필이면 조선총독부 총독이 타고 다닌다는 것에 모욕감을 감출 수가 없었다. 모두 분한 심정을 누르느라 잠시 말이 없었다.

"어떻든 국내는 위험합니다."

"너무 걱정할 것 없네. 저들이 우당을 함부로 건드리지는 않을 걸

가슴 아픈 이별

세.”

회영보다 17년이나 연상인 이상재가 젊은 동지들을 안심시켰다.

“정말 그럴까요?”

“독립운동은 상것들이나 하는 것이라고 선전하기 위해서지. 그러나 조심 또 조심은 해야지.”

“내 안위보다는 신흥무관학교 운영이 큰일입니다. 더 이상 영석 형님을 의지할 수도 없는 일입니다.”

“제아무리 큰 부자라도 곶감 빼먹듯이 빼먹는데 견딜 재간이 없지.”

이상재가 한숨을 쉬며 답답한 가슴을 쓸어내렸다.

“아무튼 큰일입니다. 국내에서는 지금 신민회가 거의 일망타진이 되다시피 하여 독립자금을 주고받기란 하늘의 별 따기입니다. 게다가 자금을 모아야 할 전덕기 목사님조차 몸져눕고 말았으니.”

“목사님이 몸져눕다니?”

“주일 목회를 할 수가 없어 교회는 이미 후임자가 담임을 이어받았습니다.”

“목회를 할 수 없을 지경으로?”

“놈들에게 사흘이 멀다 하고 불려가 독한 고문을 받았으니 몸이 견뎌 낼 재간이 있어야지요. 고문으로 쇠약해진 몸에 결핵이 덮치더니 이젠 늑막염까지 겹쳐서 살기는 틀렸습니다.”

회영이 자리를 박차고 일어섰다.

“가시면 안 됩니다. 상동교회 주변에는 헌병대만 지키고 있는 게 아니라 형사들이 구석구석에 숨어 한시도 떠나지 않는다고 합니다. 목사님이 가택연금을 당했으니까요."

전덕기를 만나 보고 싶은 마음을 겨우 눌러 참으며 회영은 차일피일 시간을 보내고 있었다. 그리고 형편이 어려운 윤복영의 집에 오래 있을 수 없어 보름 만에 소격동 유진태의 집으로 옮겼다. 그때 전덕기 목사가 위독하다는 소식이 날아들었다. 더 이상 참을 수가 없었다. 회영이 동지들의 만류를 뿌리치고 일어섰다. 수요일 밤 예배 시간을 이용해 용케 목사관으로 숨어들었다.

전덕기는 마른 갈대처럼 누워 있었다. 결핵으로 폐가 망가진 데다 늑막염으로 옆구리에서 농이 흐르는 것을, 열두 살 어린 아들이 환부에 난 구멍에 약수를 받는 대롱처럼 버들잎을 말아 넣고 흘러내린 농을 받아내고 있었다.

"아, 우당 선생님!"

전덕기가 탄식에 가까운 반가움을 토했다. 회영은 생명이 꺼져 가는 전덕기 앞에서 전신이 마비된 듯했다. 남달리 튼튼한 체격과 잘생긴 이마와 눈망울이 허깨비로 변해 있었다. 전덕기가 아들에게 의지해 일어나려고 몸을 움직였다. 회영은 전덕기를 말리며 탄식했다.

"목사님을 지켜 드리지 못한 이 사람을 용서하십시오."

"험한 만주 땅에서 고생하신 것과 비교나 되겠습니까. 자금 때문에 오셨군요. 자금 한 푼 보내 드리지 못한 죄를 범했으니 장차 하나님 앞에 어떻게 서야 할지 두렵습니다."

"목사님께서는 지금까지 열 사람 몫, 백 사람 몫을 하셨어요. 그러니 지금은 아무 생각 마시고 그저 쾌차하셔야 합니다. 후일을 생각하셔야 지요."

"못 뵙고 가는 줄 알았는데 이렇게 뵈었으니 이제 여한이 없습니다."

"가시다니요. 나랑 함께 나라를 찾아야지요."

"우당 선생님, 이제는 내가 할 일은 없습니다. 신민회 뿌리가 뽑혔으니 내 육신도 필요가 없어져, 하나님께서 데려가시려고 한 것입니다."

회영은 눈물을 참느라 안간힘을 썼다.

"그나저나 우당 선생님을 뵈니 기뻐서 미칠 것만 같습니다. 몸이 붕붕 떠오르지 뭡니까."

"이 사람도 그렇습니다. 그러니 힘을 내세요."

붙면 날아갈 것만 같은 몸을 회영이 겨우 상체만 그러모아 안았다. 뼈만 남은 몸이 불덩이로 끓고 있었다. 전덕기와 함께 상동학원을 운영했던 일이며, 신민회를 운영했던 일, 헤이그 밀사를 모의했던 일들이 눈에 선했다.

"목사님, 우리가 학원을 운영하고 신민회를 만들었던 일들을 기억하시면서 부디 힘을 내셔야 합니다."

"비록 슬픈 현실이지만 그때 일이 자랑스럽습니다. 신민회가 해체되어 우리 동지들이 뿔뿔이 흩어졌다 하더라도 그 뿌리는 영원할 테니까요."

전덕기는 그날을 떠올리며 무척 흡족한 미소를 지어 보였다. 그리고 유언하듯 말했다.

"선생님께서는 부디 몸을 잘 챙기셔야 합니다. 그리고 조국 광복을 이루는 날의 기쁨을 제 것까지 누리셨다가 후일 저에게 전해 주세요. 참 제 큰아이는 이승만 선생이 미국으로 데려갔는데 제법 심부름도 잘하고 공부를 잘해 교민들 사이에 칭찬이 자자하다고 합니다. 그래서 마음이 놓이는데 내가 떠나고 나면 둘째 아이와 내자를 어떻게 해야 할지 걱정입니다. 선생님께서 만주로 데려가시면 얼마나 좋을까, 하는 생각도 듭니다만."

"환자의 명을 재촉하는 것은 병이 아니라 좋지 않은 생각이라고 합니다. 이 사람은 목사님이 쾌차하시기 전에는 서울을 떠나지 않을 작정입니다. 아시겠습니까?"

전덕기 목사는 애써 고개를 끄덕여 보이고 회영은 기회를 틈타 또 올 테니 부디 건강만 생각하라는 당부를 남기고 한밤중 어둠을 틈타 목사관을 빠져 나왔다.

다음 날 벚꽃이 하염없이 떨어져 날았다. 무슨 축제 같기도 하고 슬픔이 휘몰아친 것도 같았다. 비보가 날아들었다. 끝내 전덕기 목사가 죽었다는 소식이었다. 일경들이 떼 지어 상동교회로 달려갔다. 전국에 숨어 있는 애국지사들이 상경할 것을 대비해서였다.

장례는 상동교회장으로 치러졌다. 상동 장터(남대문 시장) 일대를 중심으로 명례방 사람들이 모두 거리로 쏟아져 나와 인산인해를 이루었다. 상여 행렬이 가도가도 끝없이 이어지면서 펄럭이는 만장이 강물처럼 흘렀다. 사람들의 울음은 조국을 슬퍼하는 눈물로 장안을 적시고 총독부는 바짝 긴장한 눈으로 전덕기 목사의 마지막 가는 길까지 호시

탐탐 감시하기에 바빴다.

회영은 허름한 옷차림으로 변장하고 행렬에 섞여 전덕기를 전송하며 울었다. 이상재, 윤복영, 이경학, 유기남, 유진태 등도 모두 거지처럼 변장하고 멀리서나마 39세 젊은 동지와 이별을 하고 있었다. 회영은 마지막으로 전덕기를 향해 '당신이야말로 우리 신민회의 시작이고 종말입니다'라고 속으로 외쳤다. 전덕기를 태운 꽃상여는 슬픈 시대의 한을 안고 상동장터를 유유히 빠져나가고 있었다.

전덕기도 떠나고 5월이 끝나 갈 무렵 105인 신민회 사건 판결 공판에서 윤치호, 양기탁, 이승훈, 안태국 등 여섯 명에게 징역 6년을 선고하고 나머지 사람들은 무죄를 선고했다는 신문기사가 났다. 일본은 신민회를 단 한 명도 남김없이 잡아내겠다고 계속 벼르고 있었다. 면회를 갈 수도 없는 동지들 생각에 회영은 답답한 가슴을 안고 유진태 집에서 다시 제자 이경혁의 집으로 옮겨 살면서 1년여를 무사히 보냈다.

국내로 온 지 1년이 지나갔지만 자금을 마련하는 길은 속수무책이었다. 숨어 있는 어려운 동지들이 십시일반으로 몇 푼씩 모아 준 것으로는 학교 운영에 보탬이 되지 못했다. 생각다 못해 난을 그리기로 했다. 문장과 명필로 손꼽히는 유창환이 제안한 일이었다. 회영은 난 그림 중에 가장 어렵다는 석파난을 잘 그리기로 유명했다. 석파난은 추사 김정희가 그리고 가르친 난이었다.

"선생님께서는 난만 그려주십시오. 그러면 유진태와 내가 알아서 얼마가 됐든 자금을 만들어 볼 작정입니다."

거룩한 길

회영은 아예 유창환의 집으로 거처를 옮겨 난을 치기 시작했다. 회영이 난을 친 다음 직접 전각을 파 낙관을 찍으면 명필가 유창환이 화제(그림 제목)를 썼다. 그리고 유진태가 은밀히 부잣집을 돌면서 팔았다. 그들은 독립자금 명목으로 한 폭당, 백 원 혹은 2백 원씩을 내주었다. 백 원이면 쌀 열 가마 값이었다.

한용운이 난 그림을 손에 넣자마자 당장 달려왔다.

"선생님, 이렇게 뵙게 되다니요. 사정이야 어찌 됐든 반갑기 짝이 없습니다. 선생님을 뵐 욕심에 몇 푼 안 되지만 그림 값을 직접 가지고 왔습니다."

"나 또한 한 선생을 만나니 반갑기 짝이 없소. 그런데 내 그림이 멀리 있는 한 선생에게까지 들어갔던가 보오."

"선생님께서 친 난이 지금 애국지사들 사이에 신흥무관학교를 살리자고 외치고 있습니다."

"벌써 그리 되었단 말이오?"

"일경들 귀에 들어갈까 걱정입니다. 철석같이 믿었던 애국자가 자고 나면 일본 끄나풀이 되어 가는 세상이니 말입니다."

한용운은 백 원을 내밀며 학교 일을 크게 걱정하고 돌아갔다.

회영이 그린 난은 고종에게도 들어갔다. 고종은 석영의 동생 회영이 국내로 잠입했다는 것도 반가웠지만 난 그림을 보자 마치 석영을 보는 것처럼 기뻐했다. 내관 안호형을 통해 신흥무관학교에 대한 소식을 전해 듣고 할 수 있는 데까지 자금을 보내려고 애썼다. 가끔 안호형이 한밤중에 유창환의 집으로 찾아와 고종이 내준 몇백 원의 자금을 전해 주곤 했다.

총독부가 왕조를 별도로 관리하는 이왕직을 만들어 놓고 왕의 입출금에 촉각을 세우고 있는 탓에 고종도 움직이지 못한다고 안호형이 안타까워했다. 그런 처지에도 고종은 용돈을 최대한 절약하여 회영의 생활비로 얼마씩 따로 보내 주었다.

그런데 비밀은 오래가지 못했다. 난 그림은 마치 암호처럼 은밀히 애국자들 사이에 퍼져 나가면서 지사들을 하나둘 연결하기 시작하고 한용운이 걱정한 대로 회영이 종로경찰서로 연행되고 말았다.

"선생은 조선 땅을 버리고 만주로 떠난 것으로 알고 있는데 무슨 볼일이 있어 다시 들어온 것이오?"

"조국을 버리고 가다니. 나는 예전부터 사업가요. 그래서 사업상 만주를 부지런히 오간 사람이오. 그리고 내 나라에 선영이 있고 일가친척이 있으니 가끔 와서 둘러보는 것이 사람의 도리가 아니겠소?"

그렇게 변명을 하면서 회영은 "그렇다. 너희들과 함께 같은 하늘 아래 숨 쉬는 것도 싫거니와 내 나라를 찾기 위해서 떠났노라."라고 말하지 못한 것이 한스러웠다. 그러나 지금은 변명을 해야 할 것이었다.

"흠, 말은 그럴듯하지만 속셈은 따로 있는 게지요. 민중을 현혹시켜 일본에 반기를 들라고 부추긴단 말이오. 아니 그렇소?"

"천만에. 나는 단지 사업을 하고 싶을 뿐이오. 충분히 견문을 넓힌 다음 우리 조선에서 대사업장을 벌일 작정이란 말이오."

"조선 최고 명문가 귀족이 대사업장이라. 거참 흥미 있는 일이군. 하긴 선생은 청년 시절에 수만 평 인삼밭을 일군 적이 있었으니, 그럴 수도 있겠군. 아무튼 그건 그렇고 오늘 부른 것은 선생이 그린다는 그림 때문이오. 난을 그려서 은밀히 돌리고 있다는데 무얼 하자는 암호인지 알아야겠소."

"암호라니. 난은 말 그대로 그림이오."

"그렇소. 난은 그림이지. 그런데 그림이 하는 일이 따로 있으니 묻는 것이오."

"그림은 눈으로 바라보는 것이잖소. 바라보면서 마음으로 말을 주고받는 것일 뿐이란 말이오."

"대체 무슨 말을 주고받느냐 말이오?"

"그렇다면 나는 할 말이 없소이다. 그림을 그림으로 볼 줄 모른 문외한과 어떻게 그림을 이야기한단 말이오?"

"좋소. 사업장을 벌리든 난을 그리든 앞으로 꾸준히 지켜볼 것이오."

"마음대로 하시오. 나는 반드시 사업을 성공하여 이거외다, 하고 보여 줄 테니."

회영이 말한 사업은 독립운동을 말한 것이고 성공은 해방을 의미하는 것이었다.

"흠, 두고 봅시다. 누가 누구에게 무엇을 보여 주는지."

확실한 증거를 포착하지 못한 채 회영을 취조한 일본 경찰은 그런 식으로 신경전을 벌이다 하는 수 없이 풀어 주고 말았다.

회영이 경찰서에서 나오자 블라디보스토크에서 이상설이 보낸 청년이 은밀히 찾아와 소식을 전해 주었다. 이상설은 블라디보스토크에 대한광복군 정부를 설립할 것과 상해의 영국 조계 내에 배달학원을 설립하여 민족 교육을 하고 있는 박은식, 신규식과 만나 신한혁명단을 조직하여 무력으로 독립을 쟁취해 나갈 계획이라고 했다. 그런데 놀라운 것은 고종과 의친왕 이강을 망명시켜 무력 투쟁을 본격화한다는 계획이었다.

회영은 폭탄을 가슴에 품은 듯 떨리고 기뻤다. 성공만 한다면 국내외적으로 세상을 뒤집어 놓을 것이었다. 그런데 다시 종로경찰서에서 회영을 불러들였다.

"선생께서도 독립운동을 하고 싶은 것이지요? 천민이나 상것들이나 하는 그런 무식한 짓거리 말이오."

"독립운동을 하는 것은 자식이 부모를 섬기는 일이나 마찬가지니 이 나라 백성이라면 마땅히 해야겠지요. 그런데 나는 그러질 못하니 조국 앞에 부끄러울 따름이오."

"그런데 선생 눈빛을 보면 자꾸 혁명가라는 생각이 드니 어쩌지요?"

"나는 그런 인물이 되지 못한 것이 한이라고 하지 않았소."

"거짓말하지 마시오."

"생각은 제 마음에서 우러나오는 것이니 그걸 누가 막겠소. 좋을 대로 생각하는 수밖에."

그런데 일본 경찰은 단도직입적으로 나가기 시작했다.

"이상설을 알지요? 선생의 죽마고우 말이오."

"그렇소. 나와는 어려서부터 함께 수학한 벗이오. 그런데 수만 리 밖에 있는 그를 왜 나에게 묻는 것이오?"

"선생의 죽마고우가 심상치 않다는 첩보요. 그리고 선생은 국내에 체류 중이고. 뭔가 이상하지 않소?"

"당신들 눈에는 조선 사람이 기침만 해도 이상한 법이니 당신들 눈이 이상한 게지요."

"오늘 선생을 부른 것은 이런 식으로 말싸움이나 하자는 것이 아니란 말이오. 죽마고우를 설득해 주어야겠소. 이상설에게 지금이라도 우리 일본에 귀화하면 헤이그 밀사 문제로 사형선고 받은 죄를 모조리 소멸시켜 줄 뿐만 아니라 부귀영화를 보장한다고 전해 주시오. 전에 성균관장을 거쳐 참찬으로 있었으니 총독부에서 그 이상의 대우를 충분히 한다고 말이오."

"이상설을 모욕하지 마시오."

"그렇다면 이상설이 무엇을 하는지 밝혀질 때까지 선생을 여기에 모셔야겠으니 그리 아시오."

일본 경찰은 회영을 마치 인질처럼 유치장에 가두어 버렸다.

블라디보스토크에서는 상황이 급하게 돌아가고 있었다. 회영과 소식을 주고받을 수 없게 되었으므로 이상설이 전 외교부장 성낙형을 국내로 파견했다. 의친왕 이강이 장인 김사준과 함께 성낙형을 고종에게 데려가 구체적인 계획을 세울 작정이었다.

그런데 준비가 너무 허술했다. 궁 곳곳에 깔려 있는 밀정들에 의해 비밀이 새어 나가고 말았다. 정보를 포착한 총독부에서 의친왕의 장인 김사준과 주변 인사들을 소리 소문 없이 모조리 잡아들이고 말았다. 고종의 망명 음모라는 중차대한 소문이 세상으로 퍼져 나가는 것을 막

가슴 아픈 이별

기 위한 철저한 보안 작전이었다. 총독부는 사건을 비밀에 부친 채 조선 보안법 위반 사건이라는 엉뚱한 것으로 꾸며 체포한 관련자들을 적당히 처리하고 말았다. 상부의 지시에 따라 종로경찰서에서도 회영을 풀어 줄 수밖에 없었다. 무언가 잡힐 듯하면서도 잡히지 않자 일본 경찰이 신경질을 부렸다.

"지금은 이쯤에서 보내 주지만 언젠가는 다시 만나게 될 거요."

3개월 만에 풀려나 돌아온 회영이 원통하여 발을 굴렀다. 실패한 거사를 그렇게 흘려보낼 수 없어 머리를 싸맸다. 무슨 수를 써서라도 고종을 망명시킨다면 왕이 나서서 나라 찾기 운동의 선봉에 선 것이 될 것이었다. 그러면 외국의 주목을 끌 것이고, 친일파 귀족들에게는 큰 충격을 줄 것이었다. 뿐만 아니라 그동안 산발적으로 일어났다가 바람 앞에 촛불처럼 사라져 버린 의병 봉기도 대대적으로 일으켜 세울 수 있을 것이었다.

문제는 일본이 철통같이 에워싸고 있는 고종과 어떻게 은밀히 소통하느냐 하는 것이었다. 이상설이 진행해 온 거사를 실패한 것도 바로 그것이었다. 그러나 뾰족한 묘안 없이 시일만 가고 일본은 고종의 감시를 더욱 강화하여 개미 새끼 한 마리 얼씬 못 하도록 봉쇄하는 데 주력하고 있었다.

고민 중에 2년이란 시간이 흘러가고 또 벚꽃이 피어 한창인데 비보가 날아들었다. 이상설이 러시아 니콜리스크에서 피를 토하며 사망했다는(1917.3.28) 소식이었다. 전덕기를 보내고 3년 만이었다. 두 사람이 마치 약속이라도 하듯 같은 달 같은 날인 3월 28일 사망하고 말았다.

전덕기가 갈 때처럼 벗꽃이 함박눈처럼 날고 있었다. "내 혼도 불사르라!" 했다는 이상설의 유언을 전해 들은 회영은 밤새워 통곡했다. 전덕기는 그나마 품에 안아 봤으나 이상설은 만져 볼 수도 바라볼 수도 없는 머나먼 러시아 땅에서 죽었다. 회영은 러시아 쪽으로 흘러가는 구름을 바라보며 이상설이 이루지 못한 거사를 가슴에 품었다.

다시 선택의 기로에서

1918년, 신흥무관학교를 세운 지 7년이 되었다. 그동안 신흥무관학교를 졸업한 학생들은 대부분 독립군을 가르치는 교관이 되었다. 그리고 그들이 가르친 독립군은 일본군과 수많은 전투에서 눈부신 공을 세우고 있었다. 해외에 여러 독립 기지가 있었지만 무관 교육을 실시한 곳은 신흥무관학교밖에 없었고 학생들은 대한제국의 무관을 지낸 장교 출신들에게 정식으로 교육을 받은 탓이었다.

그런데 독립 자금은 좀처럼 들어오지 않았다. 가뭄에 콩 나듯이 들어온 것도 회영이 국내에서 어렵게 마련하여 보내 준 것이었다. 석영은 도리 없이 계속 금고를 열어야 했다. 아무런 기약도 없이 날마다 금고가 줄어들자 경만이 또다시 발을 굴렀다.

"금고가 봄눈 녹듯 녹아내리고 있습니다."

경만은 마치 전쟁 중 군량미가 떨어졌다고 장군에게 보고하는 것처럼 불안해했다.

사정이 그쯤에 이르자 동지들도 고민이 깊어졌다. 맨 처음 추가마을에 들어와 집 지을 땅을 구하지 못해 고생할 때처럼 동지들이 하나둘 다른 곳을 찾아 떠나기 시작했다. 이상룡, 김대략 등 영남 사람들이 줄지어 떠났다.

이동녕과 장유순도 추가마을을 떠나겠다고 했다. 이동녕, 장유순이 누구던가. 그들은 맨 처음 독립 기지를 세울 때부터 땅을 찾아 만주를 헤매며 온갖 어려움을 함께한 동지들이었다.

"어르신, 이젠 우리도 떠날 때가 온 것 같습니다."

"어딜 가든지 몸조심들 하시게."

석영은 그들을 붙잡을 수가 없었다.

"어르신의 거룩한 정신을 한시도 잊지 않겠습니다."

보내는 사람이나 떠나는 사람이나 모두 눈물을 흘렸다.

형제 중 다섯째 시영도 아들 규봉을 데리고 봉천으로 떠났다. 석영의 장남 규준도 신흥무관학교를 졸업하고 의열단에서 활동하기 위해 추가마을을 떠났다.

'의열단'은 의로운 일을 즉시 맹렬히 실행하는 단체라는 뜻이었다. 그들은 주요 인물 암살과 주요 기관 폭파를 목표로 삼았다. 암살 대상은 국내의 조선총독부 총독과 일본의 높은 사람들, 나라를 일본에 넘겨준 친일파들과 밀정들, 우리 민족을 괴롭히는 조선 귀족들과 대지주들, 서울에 주둔하고 있는 일본군의 대장들이었다. 폭파 기관은 조선총독부, 종로경찰서, 밀양경찰서, 부산경찰서, 식산은행, 동양척식주식회사, 일본 왕궁 등이었다.

신흥무관학교는 결국 존폐 위기를 맞았다. 국내에서 회영이 어렵게 보내 준 자금으로는 어림없는 일이었다. 아직 떠나지 못한 동지들 사이에서 폐교해야 한다는 의견과 어떤 일이 있어도 지켜야 한다는 의견이 나왔다.

　"지금까지 학교를 지켜 온 것만 해도 기적입니다. 그게 다 영석 어르신께서 금고를 털어 바친 덕이었는데 어르신의 금고가 돈이 솟구쳐 오르는 샘이 아닌 이상 한계가 있지요."

　"옳은 말씀입니다. 사실 우리 신흥무관학교는 지금까지 3천 5백 명 독립군을 길러 냈습니다. 그것도 독립군을 가르치는 교관을 길러 내어 수많은 독립군을 가르치게 했으니, 그것만으로도 커다란 업적을 남긴 것입니다. 그러니 폐교를 해도 된다고 봅니다."

　"독립군단마다 우리 신흥무관학교 출신들의 활약이 눈이 부시지만 그중에서 김춘식, 오상세, 박영희, 백종렬, 강화린, 최해, 이윤강 같은 수재들이 김좌진(북로군정서) 장군, 홍범도(대한독립군단) 장군 휘하에서 뛰어난 교관으로 활약하고 있는 것이야말로 우리의 커다란 업적이니 맞는 말입니다."

　"업적이 뛰어나다고 해서 폐교를 주장하는 것은 너무 성급한 생각입니다. 각 현의 한인 대표들을 만나 학교 유지회를 조직해 보면 어떨까요?"

　"만주 지역 어디든 한인들이 어렵기는 마찬가지인데 학교 유지회라니요, 어림없는 소립니다."

　"그렇다고 노력도 해 보지 않고 어찌 폐교부터 한단 말입니까. 어떻게 세운 학굔데요."

교감 여준이 화를 냈다.

"교감 선생님 말씀이 일리가 있습니다. 폐교할 때 하더라도 일단 시도라도 해 보는 것이 먼저일 것 같습니다."

교사 김탁이 교감 여준을 거들고 나섰다.

사람들은 여준이 주장한 대로 한인 대표들을 만났다. 한인 대표들은 학교를 살리는 모금 운동을 해 보자고 했다. 결국 신흥무관학교를 살리기 위해 모금 운동이 시작되었고, 소문이 입에서 입으로 전해지면서 놀라운 일이 벌어졌다.

"신흥무관학교는 우리가 만주 땅에서 가장 어려울 때 우리에게 의지가 되어 주었고 희망이 되어 주었어요. 그러니 이제는 우리가 학교를 살려야 합니다."

"어디 그뿐이오. 통화현, 유하현, 환인현 일대에 맨 처음 학교를 세워 준 사람이 누구요? 우리 아이들이 누구 덕에 공부했느냐 말이오. 그걸 모르면 사람이 아니지요."

한인들의 호소가 눈물로 이어졌다. 갓 결혼한 새색시부터 주부들이 깊숙이 숨겨 둔 금반지 은반지 등을 아낌없이 내놓았다. 패물이 없는 여자들은 머리채를 잘라 팔거나 비녀를 내놓았다. 환자들은 먹고 있던 약을 끊고 약값을 내놓기도 하고, 어떤 이들은 옷을 내다 팔고, 어떤 이들은 신을 만들어 팔고, 나무를 해다 팔기도 하고, 된장을 퍼다 팔기도 하면서 학교를 살리기 위해 할 수 있는 일이라면 무엇이든지 가리지 않았다.

석영은 경만이 아끼고 아낀 금을 생각했다. 경만을 불렀다.

"금거북을 내다 주어라."

"안 됩니다."

경만은 울고 싶은 심정으로 소리쳤다.

"지금까지 바친 것만 해도 차고 넘치는데 또 바치시려 하다니요."

경만은 마구 대들었다.

"이번이 마지막이다."

"마지막은 없습니다. 금고가 바닥이 나면 그게 마지막이 될 것입니다."

"학교를 살리겠다고 모두 발 벗고 나섰는데 명색이 학교를 세운 당사자가 가만히 앉아 있으란 말이냐."

경만의 말대로 지금까지 바칠 만큼 바쳤으므로 가만히 앉아 있다 하여 누가 뭐라고 할 사람은 없었다. 또 돈을 바치는 것도 이번이 마지막이 될 수도 없었다. 그렇다고 학교를 세운 사람으로서 가만히 있을 수도 없는 일이었다. 두 사람은 그 문제로 한참을 다투던 끝에 한 발씩 양보하기로 합의를 보았다. 금거북 대신 금가락지 한 쌍을 내기로 했다.

다행히 모금 운동으로 학교는 일단 살려 냈지만, 독립 자금은 여전히 들어오지 않았다. 석영은 회영과 서신을 주고받으며 장차 학교를 어떻게 하면 좋을지 의논했다. 회영은 국내 사정도 자금을 모으기는 힘든 일이니 차라리 학교를 한인 단체에 넘겨주는 것이 좋겠다는 의견을 보내왔다. 회영은 교감 여준에게 그 뜻을 전했다. 다시 학교 문제를 의논하기 위해 모였다.

"우당 선생님 생각이 옳은 줄 압니다."

교감 여준이 먼저 입을 열었다. 여준도 결국 손을 든 것이었다.

"한인 단체에 학교를 넘겨주는 것이 최선의 방책인 줄 압니다."

이번에는 교사 김탁이 말했다. 그러면서 김탁이 울먹였다.

분위기가 숙연해지고 말았다. 아직 결정된 일도 아닌데 모두 눈시울이 붉어졌다. 속으로 눈물을 삼키고 있던 석영이 입을 열었다.

"넘겨줄 곳이 있다는 게 얼마나 다행인가. 서둘러 한인 대표를 부르세요."

며칠 후 통화 현에서 한인 단체 대표들과 모임을 갖고 학교 문제를 일사천리로 매듭을 지었다.

학교를 인계하고 나자, 국내에서 삼일만세운동이 불붙고 있었다. 때에 맞추어 만주와 조선의 국경 지대로 독립군들이 모이기 시작했다. 그동안 만주 각처마다 독립군이 형성되었고, 각처의 독립군마다 신흥무관학교 출신들이 지휘관으로 자리 잡고 있었다. 독립군이 점점 눈부신 성과를 올리자 국내와 해외에서 수많은 청년들이 독립군에 들어가기 위해 몰려들었다. 신흥무관학교 출신의 교관들은 그런 청년들에게 군사 훈련을 시켜 독립군에 보내 주느라 바빴다. 그렇게 모여든 독립군들은 대규모 군대를 이루었고 그들은 국경 지대에서 일제와 크고 작은 전투를 수십 차례 치렀다.

그러자 깜짝 놀란 일본은 지금까지 관심을 두지 않았던 만주로 눈길을 돌렸다. 무장 투쟁을 할 수 있는 독립군이 만주에서 나오고 있다는 것에 신경을 쓰기 시작한 것이었다.

드디어 만주에서 활동하는 독립군을 잡아들인다는 소문이 퍼지기 시작했다. 추가마을도 이제 더 이상 안전한 곳이 아니었다. 언제 일본 군이 들이닥칠지 알 수 없는 일이었다. 날마다 불안하여 마음이 뒤숭숭한데 추가마을을 떠났던 이동녕이 급히 사람을 보내 하루바삐 추가마을을 떠나야 한다는 소식을 전했다.

"일본군이 언제 추가마을을 덮칠지 모르니 한시바삐 마을을 떠야 한다고 전하라 하셨습니다."

석영은 눈앞이 캄캄했다. 추가마을은 한인 마을을 조성하기 위해 모든 것을 바쳐 일궈 놓은 삶의 터전이기도 했다. 그러나 일본에 체포되는 날엔 독립운동은 물론 목숨도 보존할 수 없을 것이었다. 더 이상 추가마을에서 살아갈 수가 없었다.

1910년 경술년에 나라를 빼앗기고 고국을 떠날 때처럼, 만주로 망명한 지 10년 만에 형제들이 다시 석영의 집에 모였다. 이번에는 건영, 석영, 철영, 호영 등 네 사람이었다. 회영은 국내로 들어갔고, 다섯째 시영은 봉천으로 떠났기 때문이었다. 먼저 석영이 첫째 건영을 향해 입을 열었다.

"우리가 고국을 떠날 때는 길어도 10여 년 안으로 나라를 찾을 줄 알았는데, 이제 그날이 언제인지 앞이 보이지 않게 되었습니다. 사정이 이러하니 형님께서는 우리 가문의 장자에 칠십 고령이시니 고국으로 돌아가셔서 조상님들과 부모님 제사를 모셔야 합니다."

거룩한 길

"영석 아우도 육십을 넘긴 나이 아닌가. 그러니 이제 그만 나와 함께 고국으로 돌아가는 게 어떤가?"

맏이 건영은 석영을 차마 고통 속에 두고 갈 수가 없었다.

"큰형님 말씀이 맞습니다. 영석 형님도 이젠 나라 찾는 일은 젊은 동지들에게 맡기시고, 큰형님과 함께 돌아가시는 게 좋을 듯합니다."

"저도 같은 생각입니다. 더욱이 영석 형님은 관절염에 천식까지 앓고 계시니 치료도 하셔야 하고요."

셋째 철영과 막내 호영도 석영이 고국으로 돌아가기를 권했다. 석영은 눈을 감은 채 생각에 잠겼다. 경술년에 조국을 떠날 때 결심했던 것은 가문의 모든 것을 던져 나라를 구하겠다는 비장한 각오였다. 그렇다면 지금은 두 번째 선택의 길에 선 것이었다.

아무리 생각해도 고국으로 갈 수가 없었다. 설사 조국 광복에 다시 10년, 20년이 걸린다 하더라도, 아니 광복을 못 보고 죽더라도 끝까지 조국과 함께하는 것이 백사 할아버지를 따르는 길일 것이었다. 석영은 생각을 정리한 다음 눈을 뜨고 엄숙한 얼굴로 말했다.

"나는 나의 길을 갈 것이니 아우들도 각자 생각대로 하길 바란다."

아무도 말이 없었다. 긴 침묵이 흐른 다음 셋째 철영이 나섰다.

"우리가 처음에 조국을 떠날 때 맹세한 대로 끝까지 영석 형님과 함께할 것입니다."

"저도 조국이 해방되는 그날까지 형님들과 함께할 것입니다."

막내 호영도 돌아가지 않겠다는 의사를 밝혔다.

다시 형제들의 이동이 시작되었다. 이제는 추가마을로 들어올 때와

반대로 각자 갈 데로 가야 하는 이동이었다. 건영은 조상의 제사를 모시기 위해 장단으로 돌아가고, 은숙은 아이들을 데리고 회영이 머물고 있는 서울로 가기로 했다. 석영과 호영은 천진으로 떠났다. 의열단에 들어간 규준이 천진에 있기 때문이었다. 셋째 철영은 다섯째 시영을 찾아 봉천으로 갔다.

경만은 석영을 계속 모시기로 했다. 열두 명 노비 출신 가정들은 추가마을에 남아 석영이 사 놓은 땅에서 농사를 지으며 살기로 했다.

형제들은 다시 만날 날을 기약하면서 헤어졌다. 그들은 그날 이후 다시는 만날 수 없다는 것을 아무도 알지 못했다.

거룩한 길

왕을 북경으로 모셔라

　서울에 체류 중인 회영은 편지로 만주 사정을 다 알고 있었다. 석영 형님이 마적에게 납치를 당했고 마적이 쏜 총을 맞고 아내가 사경을 헤맬 때 김필순 박사가 나서서 생명을 구해 주었다는 것도 알고 있었다. 그렇다고 가족에게 당장 돌아갈 수가 없었다. 이상설이 이루지 못하고 간 거사, 고종을 북경으로 망명시키는 일을 꼭 이루어야 하기 때문이었다. 그런데 고종과의 교신을 만들지 못해 고민에 빠져 있었다.

　"부재(이상설의 호)는 나에게 거사를 이루어 달라는 유언을 남기고 가질 않았는가!"

　그런 생각을 하면서 차일피일 시간만 가고 있었다. 다행히 고종의 매제인 조정구의 장남 조남승이 옆에서 늘 위로해 주었다. 그리고 어느 날 조남승이 한 가지 청이 있다고 했다.

　"우당 선생님의 장남 규학 군과 제 누이동생 조계진을 혼인 시키면 어떨까 합니다."

　처음 듣는 말은 아니었다. 조남승은 옛날부터 회영을 존경하며 따랐고 회영도 조남승을 좋아한 터라 망명 전부터 나왔던 혼담이었다.

"조남승 동지의 누이라면 대원군 대감의 외손녀에다 전하의 질녀인데 우리 가문이 예전 같으면 모르되 지금 이런 형편으로 어찌 왕실 며느리를 맞이할 수 있단 말이오."

"그때나 지금이나 달라진 것은 없습니다. 지금도 또 앞으로도 우당 선생님 가문은 영원한 삼한갑족입니다."

조남승의 제안을 여러 날 고민하던 회영이 무릎을 쳤다. 서둘러 조남승을 만났다.

"조 동지, 내 아들과 조 동지 누이를 서둘러 혼인시킵시다. 그래서 부재가 이루지 못한 일을 우리가 해야겠소."

"전하의 망명 말입니까?"

"그렇소. 조 동지의 누이와 내 아이 혼사를 빙자해 전하와 은밀히 소식을 주고받으며 북경에 망명 정부를 세우는 것이오. 때마침 세상에 민족 자결주의 바람이 불고 있으니 시기적절하지 않은가."

때마침 세상은 1차 세계대전이 끝나고 미국 윌슨 대통령이 14개조 강령을 통해 "모든 민족은 정치적으로든 어떤 이유로든 다른 민족을 간섭할 수 없고 간섭받지 않을 자유가 있다"고 천명한, 민족 자결주의(1918.1)에 잔뜩 고무되어 있었다.

"그런데 부재의 실패로 인해 단단히 놀란 전하께서 받아들이실지 걱정이오."

"받아들이시다마다요. 부재 선생의 실패를 천추의 한으로 여기고 계십니다. 그때부터 감시가 더 심해진 탓에 어떻게 하면 놈들의 손아귀에서 벗어날 수 있을까, 하는 생각만 하고 계시니, 뵙기가 민망하기 짝이 없습니다."

"그렇다면 속히 전하께 말씀드려 주시오."

조남승은 지체하지 않고 고종을 알현하여 뜻을 말했다. 고종은 조카 조남승의 손을 덥석 잡아 끌어 당기며 속삭였다.

"이석영 아우 회영이 정녕 그런 계획을 꾸미고 있다는 것이냐?"

"그렇사옵니다, 전하."

조남승을 통해 고종의 동의를 받아 낸 회영은 즉시 아내 은숙에게 장남 규학을 데리고 귀국하라는 편지를 보냈다. 은숙은 장남 규학과 딸 규숙, 아들 규창을 데리고 서울로 돌아왔다. 나라를 떠난 지 8년 만이었다. 회영은 만주를 떠난 지 5년 만에 가족을 만나게 되었다.

스물두 살인 장남 규학이 아버지에게 절을 올렸다. 회영은 혼기에 찬 아들 얼굴을 처음으로 유심히 바라보았다. 규학은 신흥무관학교를 졸업하고 독립투사가 되어 사내대장부로 변해 있었다. 잘생기고 당당해 보였다.

"편지에 쓴 대로 혼처는 대원군 외손녀이고 전하의 질녀이니라. 아비 뜻대로 정한 일인데 할 말이 없느냐?"

"아버님께서 심사숙고 끝에 결정하신 일인데 제가 감히 무슨 말씀을 드리겠습니까."

"그렇지 않다. 나는 너의 뜻을 존중할 것이니 혹여 불만이 있거든 기탄없이 말해 보아라."

"왕실 사람이라 부담이 없는 것은 아니지만 제 혼사가 조국을 위한 일이니 어찌 불만이 있겠는지요."

"이 혼사는 이전부터 논의되었던 일이다. 너도 알다시피 조남승 동지는 예전부터 나를 따랐던 사람으로 그동안 이 혼인을 수차 권했음에도 내가 미루었더니라."

"저도 소년 시절 조남승 선생님으로부터 가끔 그런 말을 들었던 기억이 나긴 합니다. 제가 아버님을 쏙 빼닮았다는 말도 자주 하셨지요."

"그랬었지. 조남승 동지 말대로 혼기에 찬 너를 보니 젊은 시절 나를 보는 것만 같구나."

회영은 모처럼 자신을 쏙 빼닮은 아들과 마주 앉아 많은 이야기를 주고받았다. 그의 가슴속에서 아들의 혼사를 치른다는 기쁨과 한편으로는 나라의 운명이 걸린 거사를 감행해야 하는 긴장감이 교차했다.

왕의 질녀 조계진이 혼인을 한다는 말에 궁중 사람들이 화들짝 반가워했다. 고종도 오랜만에 기뻐하며 딸을 시집보내듯 적극적으로 마음을 썼다.

"나라가 비운을 맞은 탓에 궁중의 예법을 다 갖출 수는 없더라도 할 수 있는 데까지 정성을 다하여 혼례를 치러야 한다."

왕의 지시에 따라 혼례는 순조롭게 진행되어 가고 조남승 외에도 홍증식, 이득년, 조정구의 동생 조완구 그리고 남작 작위를 거부한 민영달(민비의 사촌 동생)이 거사에 합류했다.

혼례일이 잡히자 궁에서 나인들이 혼수품을 내어 오느라 회영의 거처를 오고 갔다. 조남승은 혼례를 핑계로 궁에 자주 드나들면서 왕과 은밀히 거사 계획을 짜 나갔다. 민영달은 왕의 망명 자금으로 거금 5만 원을 내놓았다. 조정구도 북경에 행궁을 구하는 데 보태라며 자금을 내놓았다. 왕도 1만 원을 보내 주었다. 회영은 이득년과 홍증식을 파견하여 자금을 봉천에 있는 시영에게 전달하면서 북경에 왕이 거처할 행궁을 마련하라고 지시했다. 다행히 왕실을 관리하는 총독부 산하 이왕직에서도 조선 왕실의 혼례에 대해서는 별 반응을 보이지 않았다. 일이 계획대로 진행되어 갔다.

  회영은 조남승, 민영달과 함께 왕이 궁을 빠져 나와 북경으로 가는 방법을 연구하기 시작했다. 궁을 빠져나가는 날은 기미년(1919) 1월 27일 새벽으로 잡았다. 꼭 한 달이 남아 있었다. 왕을 중국으로 모셔 가는 방법은 인천에서 배를 타는 것과 압록강을 건너는 것, 두 가지가 있었다. 인천에서 여객선을 타는 것은 편한 방법이긴 하지만 위험 부담이 컸다. 힘들더라도 압록강을 건너기로 했다. 압록강을 건너는 일은 압록강을 잘 아는 회영이 맡기로 했다.
  어떤 방법을 택하든 변장을 해야 했다. 변장을 놓고 고민을 거듭했다. 상인으로 변장하자니 구중궁궐에서만 살아온 왕의 얼굴이 너무 희고 고왔다. 황송하고 민망하기 짝이 없지만 박수무당 행색으로 꾸미기로 했다.
  해가 바뀌고 1919년 기미년 정월이 되었다. 점점 날짜가 다가오자 모두 가슴이 떨렸다. 고종도 떨린 마음을 종잡을 수가 없었다. 북경에 망명 정부를 세우자면 자금이 있어야 할 것이었다. 조카 조남승을 불렀다.

"후원에 묻어 둔 금괴 단지를 궁 밖으로 들어내야 하지 않겠느냐?"

"그것은 위험한 일입니다. 금괴 단지가 묻혀 있는 후박나무 근처에서 놈들이 한시도 떠나지 않으니 근접할 수조차 없지 않습니까."

"무슨 수를 써서라도 그것을 가지고 가야 한다."

"전하, 그건 아무리 생각해도 어려운 일입니다."

"안 된다. 우리 왕실의 마지막 재산이 아니냐. 10년 전, 백만 마르크 금괴를 빼앗긴 것만 해도 한이 맺혔는데, 이것마저 빼앗길 순 없다."

"땅속에 있는 것을 놈들이 알 까닭이 없질 않사옵니까. 후일 나라를 찾아 환국하는 날까지 두는 수밖에 없을 같습니다."

"그때까지 어찌 견디란 말이냐. 또 그때가 언제란 말이냐!"

왕은 눈을 감으며 거친 숨을 내뿜었다. 을사늑약 직후 왕은 선교사 헐버트를 통해 상하이의 덕화은행(독일아시아은행)에 비자금 백만 마르크를 예치해 두고 조남승이 극비리에 관리를 맡고 있었다. 그러나 외교권을 빼앗은 통감부는 교묘히 서류를 꾸며 왕의 비자금 전액을 가로채 버렸고(1908), 왕과 조남승과 헐버트 세 사람만 가슴을 앓아야 했다.

"그럼 금괴 단지를 파내는 묘안을 연구해 보겠습니다."

조남승은 일단 왕을 안정시킨 다음 다시 묘안을 짜보기로 했다. 그러나 놈들이 금괴를 묻어 둔 후박나무 주변에서 마치 금괴를 지키고 있는 도사견처럼 빙빙 도는 한, 묘안이 없었다.

"포기하도록 잘 설득해야 합니다. 금괴까지 가지고 간다는 것은 과한 욕심 아니오? 전하께서 북경 땅에 도착하는 날이면 모든 것이 달라질 것이라고 달래야 해요."

민영달이 펄쩍 뛰었다.

"전하께서는 그 금괴를 왕실의 마지막 자존심으로 보신 탓입니다."

"그래도 안 됩니다. 몸만 빠져나가기에도 힘든 일 아니오?"

궁 후원에서 가장 무성한 잎을 자랑하는 후박나무는 왕이 거처하는 함녕전에서 빤히 내다보였다. 왕은 그 아래 묻혀 있는 금괴를 생각하며 평소에도 습관처럼 문을 한 뼘쯤 열거나 혹은 문틈으로 후박나무 아래를 내다보았다. 그런가 하면 궁을 지키는 일본 군인들은 왕을 감시하기에 가장 좋은 후박나무 아래서 함녕전을 향해 눈을 떼지 않았다. 햇살이 쏟아지는 한여름에는 일본 군인들이 무성한 후박나무 그늘을 즐기며 하필이면 금괴가 묻혀 있는 그 자리를 밟고 서서 장검 자루로 흙을 갉작일 때마다 가슴이 뜨끔뜨끔 저리면서 애간장이 타들어 갔다.

그런 불안이 다시 엄습했다. 거사를 앞두고 고종은 더 자주 문을 열고 후원을 내다봤다. 잎이 다 떨어져 버린 후박나무 아래를 왔다 갔다 하는 일본 군인들이 더 가까이 보였다. 두 명씩 짝을 지어 서로 교차하면서 돌고 있었다. 교차하면서 돌던 일본 군인들이 발걸음을 멈추고 후박나무 아래를 또 칼자루 끝으로 갉작이는 것이었다.

"저놈들이 지금 무슨 짓을 하는 게야."

"전하, 자꾸 그쪽으로 눈길을 주시면 안 됩니다."

옆에 있던 조카 조남승이 걱정이 되어 막았다.

"내 것을 내 마음대로 하지 못하다니."

"저놈들은 전하의 용안만 살피는 임무를 띠고 있는 데다 개처럼 냄새를 잘 맡고 여우처럼 민첩하다고 합니다. 부디 태연하셔야 합니다."

조남승 말대로 도무지 틈이 없었다. 그렇다고 포기할 수도 없었다. 자꾸 한숨만 터져 나왔다. 그때마다 시중을 드는 박 상궁이 고개를 갸웃거렸다.

고종의 일거수일투족을 감시하는 총독부는 고종을 위험한 존재로 주시하고 있었다. 고민 끝에 총독부와 친일파들은 마지막 결단을 내리기로 했다. 이번에도 골수 친일파들에게 중책이 맡겨졌다. 총독부 중책자 모리를 중심으로 어의와 이왕직의 장시국장과 새로 임명한 시종관 등이 모여 은밀한 작전을 짜기 시작했다. 어의가 독을 연구하는 데 몰두했다.

"독은 맛이 있어야 하고, 빨라야 하고, 확실해야 하고, 겉으로 드러나는 외상을 최소화해야 한다."

총독부와 친일파들의 명령에 따라 어의가 1년 동안 온갖 실험을 시도한 끝에 최종적으로 만들어 낸 독은 달콤하고 향기로웠다. 독을 맛있게 먹은 개가 1분 내에 깨끗하게 숨이 끊어졌다. 그 정도면 충분할 것이었다.

왕을 향해 극한의 운명이 양쪽에서 다가오기 시작했다. 한쪽에서는 하루하루 숨 막히게 망명의 날을 기다리고, 한쪽에서는 그들의 음모가 점점 다가오고 있었다. 왕은 망명할 날을 잡고 나자 잠을 이루지 못했다. 지난날 아관파천을 할 때와는 비교가 되지 않았다. 궁을 떠날 날이 불과 6일 남아 있었다. 불안하고 두려우면서도 한편으로는 가슴이 설레었다. 이제야 지긋지긋한 일본의 감시를 벗어나 자유롭게 살 수 있다는 것을 생각만 해도 가슴이 터질 것 같았다.

예순일곱의 나이를 먹었으므로 앞으로 살 날이 얼마인지는 알 수 없지만 단 하루를 살더라도 마음 놓고 음식을 먹을 수 있고, 잠을 잘 수 있고, 말을 할 수 있다는 것이 꿈만 같았다. 북경으로 하루라도 빨리 가고 싶어 하루가 천년 같았다.

그러면서도 문득문득 "과연 성공할 수 있을까?" 하는 불안이 엄습했다. 조카 조남승이 태연하게 기다려야 한다고 일렀지만 태연할 수가 없었다. 조금만 눈여겨 봐도 안절부절못하는 모습이 뚜렷했다.

시중을 드는 박 상궁이 왕을 살피느라 한시도 눈을 떼지 않았다. 박 상궁은 6개월 전만 해도 왕의 사람이었다. 총독부에서 이왕직의 총책 장시국장을 내세워 왕의 수족을 하나하나 잘라 내기 시작했다. 내관 안호형도 나이가 많다는 이유로 잘라 버렸고, 왕에게 충성을 바치던 박 상궁은 그들의 위협을 받으며 하루를 버티던 끝에 장시국장 발아래 엎드려 충성을 맹세했다. 말을 듣지 않으면 사가의 부모 형제들이 무사하지 못할 것이라는 협박에 마음을 바꾼 것이었다. 그들과 하나가 된 박 상궁은 졸졸 따라다니는 새끼 상궁을 포섭하여 왕의 행동을 장시국장과 총독부 모리에게 낱낱이 고해 바치기 시작했다.

1919년 1월 20일, 왕은 새벽녘에야 겨우 잠들어 꿈을 꾸었다. 통한의 얼굴을 한 왕비를 만났다. 대례복을 갖춰 입은 왕비가 큰절을 올리며 울고 있었다. 마음이 아픈 왕이 왕비를 달래 주려고 몸을 일으켰다. 왕비는 절을 올리고는 어디론가 사라져 버리고 말았다. "가지 마시오!" 하고 소리치다 잠에서 깼다. 왕은 온종일 꿈속의 왕비를 생각하며 왜 일까? 라는 의문에 시달렸다.

점심때쯤 민영달이 들어와 알현했다. 왕이 꿈 이야기를 해 주었다. 민영달은 "날짜가 코앞에 닥쳐온 탓입니다. 심기를 굳건히 하셔야 합니다."라고 낮게 속삭였다.

해가 지고 경운궁에도 밤이 찾아왔다. 느닷없이 이완용과 이기용이 함녕전으로 들어와 숙직을 하러 왔노라고 했다.

"그대들이 정녕 밤잠을 자지 않고 나를 지켜 주러 왔단 말이냐?"

"그러하옵니다, 태왕 전하!"

이기용이 대답했다. 이완용은 가만히 있었다. 왕은 가만히 있는 이완용을 바라보며 "저자로부터 왜 이리도 서늘함이 느껴지는 것일까?"라고 혼자 속말을 했다. 그를 가까이하면서 지금까지 단 한 번도 느껴보지 않았던 기이한 느낌이었다.

이완용은 아관파천의 은인으로 골수에 새겨 둔 사람이었다. 그래서 그가 주장하는 일이라면 다소 내키지 않더라도 무엇이든지 따라 주었다. 심지어 나라의 운명까지도 맡기다시피 했는데, 오늘의 느낌은 아관파천 직전 궁에 갇혀 일본군의 감시를 받던 때와 흡사했다. 그런 생각을 하자 몸이 떨렸다. 민영달이 태연해야 한다고 일렀던 말을 떠올리며 태연하려고 애썼지만 느닷없이 숙직을 하겠다고 나타난 그들 속셈을 도무지 짐작할 수가 없었다. 한편 생각해 보면 밤이나 낮이나 그들 감시에서 벗어난 적이 없었으니 특별한 일도 아니었다.

그런데 문득 꿈에 본 왕비의 눈물이 떠올랐다. 왕비가 현몽하여 눈물을 흘린 것은 저들을 조심하라는 간절한 당부일 거라는 생각이 들었다.

밤이 깊어 갈수록 답답증이 더해 가면서 땀이 흘렀다. 그들이 만약 천만 분의 일이라도 눈치를 챘다면 2년 전 이상설이 실패한 것처럼 또 실패하고 말 것이었다. 그리고 이번엔 단순히 실패로 끝나지 않을 것이었다. 생각만 해도 아찔했다. 속이 타들어 가서 뜨거운 심호흡을 거푸 퍼냈다. 박 상궁에게 식혜를 청했다. 겨울밤 서늘한 식혜는 타들어 간 속을 식혀 주기에 그만이었다.

박 상궁은 그렇지 않아도 식혜를 올릴 작정이었다. 겨울이면 왕은 거의 매일 밤 식혜를 청했다. 박 상궁은 평소처럼 수라간으로 가 식혜를 준비하기 시작했다. 새끼 상궁이 옆에서 망을 보느라 두리번거리고 박 상궁은 평소처럼 직접 식혜를 뜨고 식혜 그릇에 어의가 준 약을 넣고 잘 섞었다. 쟁반 중앙에 식혜 그릇을 놓고 왕이 전용으로 사용하는 수저와 검식용 은수저를 나란히 놓았다. 박 상궁은 떨리는 손을 진정시키며 정성껏 쟁반을 들고 왕의 방으로 들어가 왕 앞에 조심스럽게 쟁반을 내려놓았다. 그리고 검식 절차를 밟기 위해 은수저를 들었다. 독을 머금은 뭉글한 찹쌀 식혜가 불빛에 더욱 윤기를 발했다.

"그만두어라, 이젠."

왕은 난데없이 검식을 제지하면서 본인의 수저를 들어 올렸다. 그리고 속으로 이 짓도 얼마 남지 않았다는 생각을 하며 수저를 식혜 그릇에 넣으려고 했다.

"태왕 전하, 아니 되옵니다. 잠시만 기다려 주시옵소서."

박 상궁이 급히 왕을 제지했다. 그녀는 평소대로 은수저를 식혜에 담가 잠시 저은 다음 꺼내기를 세 번 반복했다. 은수저는 아무런 변화도 보이지 않았다. 왕은 상궁이 하는 걸 무관심하게 바라보고 상궁은 속으로 가슴을 쓸어내렸다. 비록 수십 차례 연습을 거친 가짜 은수저일망정 죽을 운명을 맞으려면 갑자기 이변이 일어날 수도 있다는 두려움이 마음 한구석에 남아 있었다.

검식이 끝나자 왕은 배가 고픈 사람처럼 급하게 식혜를 마시기 시작하고 상궁은 숨을 죽이며 지켜보았다. 문밖에서 서성거리는 그림자가 문에 어렸다. 왕은 그림자를 의식하면서도 모른 척 열심히 식혜를 먹으며 고개를 끄덕였다.

"오늘은 단맛이 더 깊구나."

물약 같은 독은 다른 독과 달리 단맛이 있다는 말을 어의로부터 들었으므로 상궁은 곧 알아차렸다. 왕은 식혜 그릇을 비웠고 상궁이 빈 그릇을 들고 종종걸음을 치며 방을 나갔다.

문밖에서는 그림자들이 어우러지고 있었다. 누군가 고개를 끄떡였고 서너 개의 그림자가 한데 어우러졌다 떨어졌다. 왕은 문에 비치는 그림자를 보면서 상을 자꾸 찌푸렸다. 가슴이 꽉 막히듯 조여 오면서 자꾸 상이 찌푸려진 것이었다. 왕은 문밖의 그림자 탓이라고 생각했다.

10여 분이 지났을 무렵 상궁이 다시 들어와 "침수 드실 시간입니다." 라고 하며 침구를 펴 주고 나갔다. 왕은 답답한 가슴을 쓸어내리며 잠자리에 누웠다. 그리고 눈을 감았다. 또 어젯밤 꿈속에서 본 왕비가 떠올랐다. 눈물이 흐르면서 가슴이 답답해지는 것을 느꼈다. 왕은 '가슴 답답한 일이 어디 한두 번인가.' 하고 참으려고 애썼다. 그런데 평소와 달랐다.

　상황이 갑자기 변하기 시작했다. 왕은 두 손으로 목을 움켜쥐었다. 목에서는 숨이 막히고 몸은 꽁꽁 얼어붙듯 조여들었다. 배와 가슴이 쥐어짜듯 복통이 일기 시작했다. 고함을 지르며 몸을 구르기 시작했다. 박 상궁이 번개같이 달려와 왕을 부축하며 울부짖었다.

　"전하! 아니 되옵니다! 돌아가시면 아니 되옵니다!"

　막상 왕이 죽음에 직면하게 되자 박 상궁이 부지불식간에 발을 굴렀다. 박 상궁은 더 크게 울부짖었다. 밖에서 상황을 주시하고 있는 이기용이 뛰어 들어와 박 상궁을 밀쳐 내며 욕을 퍼부었다.

　"이년, 태왕 전하께 무슨 짓을 한 게냐?"

　박 상궁이 놀라 울음을 뚝 그치고 물러났다. 정신이 번쩍 든 박 상궁이 급히 방을 나가려고 몸을 돌리자 시종관이 달려와 박 상궁의 팔을 거세게 낚아챘다. 시종관이 박 상궁의 뺨을 후려치고는 개 끌듯 질질 끌고 밖으로 나가 버렸다. 박 상궁이 뒤뜰로 끌려 나가자 벌써 새끼 상궁이 끌려와 묶여 있었다. 옆에는 시커먼 자객이 붙어 있었다. 박 상궁은 모든 것을 체념한 채 왕을 위해 마지막 눈물을 흘렸다.

　"전하, 전하, 이년을 죽여 주옵소서!"

입에 재갈이 물려 있는 새끼 상궁도 박 상궁을 향해 눈물을 줄줄 흘리고 있었다. 자객이 번쩍 팔을 들어 올리는 순간 박 상궁과 새끼 상궁의 목이 무참히 나가떨어지고 말았다. 곧 검은 복면을 한 사내들이 달려들어 시신을 자루에 담아 떠메고 어디론가 사라져 버렸다. 그리고 아무 일도 없었다는 듯이 밤은 고요해졌다.

왕은 방구석을 헤매며 몸을 굴렀다. 독을 제조한 어의가 들어와 최후를 지켜보고 있었다. 왕은 가슴을 움켜쥐고 이가 부러지도록 이를 갈며 목 안으로 말려드는 혀를 끌어내기 위해 손으로 혀를 잡아 뜯었다.

"1분이면 끝난다던 일이 왜 이리 더딘가?"

장시국장과 모리가 어의를 향해 화를 냈다.

"워낙 강건한 체질이라서."

"황소만 한 개도 1분에 끝났다고 했느니라. 개보다 예순일곱이나 된 노인이 더 강하단 말이냐?"

"사람이 짐승보다 훨씬 독한 법입니다."

"일이 되긴 되는 건가?"

"조금만 더 지켜봐 주십시오. 늦어도 30분이면 끝날 것입니다."

"뭣이? 30분이나?"

"아무래도 박 상궁이 약을 다 쏟아 넣지 못한 것 같습니다."

"그렇다면 큰일 아닌가?"

"양이 다소 부족하더라도 효력이 조금 늦게 나타나는 것일 뿐, 일은 분명히 성사되고 남을 것입니다. 믿어 주옵소서."

어의가 진땀을 빼면서 몸부림치는 왕을 애타게 지켜보았다. 왕은 천 길만길 뛰면서 문밖으로 나가려고 문을 흔들었다. 문이 밖에서 단단히 잠겨 있는 탓에 꼼짝하지 않았다. 왕은 문밖의 일행들을 향해 이놈들! 천벌을 면치 못할 놈들! 이라고 고함을 쳤다. 그러나 처참한 비명 소리만 터져 나올 뿐이었다.

어의의 말과 달리 왕은 한 시간쯤 방 안을 헤매며 몸부림을 쳤다. 새벽 4시경, 마침내 왕은 방문을 붙잡고 쓰러졌고 주위는 고요해졌다.

눈이 펄펄 내리는 이른 새벽에 경운궁 기와 지붕 위에서 왕이 승하했다는 초혼이 서럽게 울려 퍼졌다(1919.1.21). 왕을 따르던 늙은 시종관이 왕이 생전에 즐겨 입던 명주 저고리를 흔들며 "대한제국 대군주 폐하 승하!"라며 비통하게 외쳤다. 왕실 사람들과 측근들이 궁으로 달려갔다.

비보를 들은 민영달과 조남승도 새파랗게 질린 채 함녕전으로 달려갔다. 회영의 며느리 조계진도 급히 달려갔다.

"덕혜가 있지만 넌 내 딸이나 진배없었느니라. 그런데 이제 혼인을 하게 되니 서운하기 짝이 없구나. 망국이라도 너의 시댁은 조선 제일의 명문가니 언제 어디서나 왕실 사람답게 법도를 잊어서는 아니 되느니라."

불과 2개월 전 혼례를 치를 때만 해도 자상하게 일러 주었던 말씀이었다. 그때 용안에 모처럼 기쁨이 가득했던 모습이 눈에 선했다.

사흘 뒤 입관이 시작되었다. 입관을 하려고 시신을 만지던 사람들이 놀라 주춤했다. 앞니가 부러져 있고 혀는 잡아 뜯어 흐물흐물했다. 목에서부터 복부까지 띠 같은 검은 줄이 선명하게 드러나 있었다. 몸이 퉁퉁 부어 오른 탓에 입고 있던 옷을 가위로 잘라 내야 했다.

"하늘이시여, 어찌 이리 가혹하신지요!"

궁에서 돌아온 며느리 조계진에게 상황을 전해 들은 회영은 하늘을 향해 탄식을 쏟아냈다. 북경에 망명 정부를 세우겠다는 마지막 희망이 무너져 버린 것도 절망이지만 왕의 한 많은 생애가 너무나 비통했다. 도무지 비분강개하여 눈 못 뜬 채 망연자실하고 있는 회영을 동지들이 흔들어 깨웠다.

"전하의 억울한 죽음을 방치할 수 없는 일이니 서둘러 대책을 세워야 합니다."

그렇지 않아도 달포 전부터 동경 유학생 학우회의 망년회와 웅변대회에서 독립운동을 결의한 유학생들이 독립운동을 추진하기 시작했고 여기에 충격을 받은 국내 독립운동 지도부에서도 본격적인 운동 준비에 돌입하는 중이었다. 기독교, 천도교, 불교 등 각 종교 대표들과 학생 대표들이 전국의 운동단체 대표들과 연합전선을 구축하느라 분주히 움직이고 있었다. 회영은 급히 기독교계 이승훈, 불교계 한용운, 천도교계 오세창 등과 만나 운동 방향을 의논했다.

"만세운동에 불을 지르자면 장작과 불씨를 준비해야 합니다. 조직 말입니다."

"기독교, 불교, 천도교 등 종교 단체와 학교를 움직여야 합니다."

"그러나 어떻게 사람을 모으느냐, 이게 문젭니다. 교회는 일요일마다 모이기 때문에 가장 좋은 조직입니다만 불교나 천도교는 모이는 것이 아니니 말입니다."

"교회를 중심으로 조직을 확장시켜 나가야 할 것입니다. 이를테면 교인들과 기독교계 학교 학생들을 이용하는 겁니다."

"맞습니다. 교회 조직을 이용하면 전국적으로 연결이 가능할 것입니다."

"그리고 결정적인 날을 언제로 잡느냐가 중요합니다. 장작에 불이 잘 붙을 수 있는 아주 딱 들어맞는 날을 찾아야 합니다."

"그렇다면 3월 3일 인산일이 어떻겠습니까. 그날엔 온 백성이 일손을 놓고 모두 한곳으로 집중할 테니 말이오."

"옳습니다. 왕의 인산일이라면 백성들의 슬픔이 더욱 충천하여 만세 소리가 봇물처럼 터져 나올 것입니다."

만세운동은 국내와 해외에서 동시다발적으로 벌이기로 하고 국내는 국내대로 해외는 해외대로 지역마다 동지들을 알맞게 배치했다. 회영은 왕의 망명을 위해 북경으로 가 있는 시영에게 돌아가 북경 교민들의 거사를 맡기로 했다. 그러자면 인산일 전에 서둘러 북경으로 가야 했다.

그런데 만세운동은 처음에 계획했던 것과 달리 왕의 인산일보다 이틀이나 빠른 3월 1일에 시작되었다. 만세운동은 삼천리 방방곡곡은 물론 해외까지 들불처럼 번져 나가면서 그칠 줄을 몰랐다. 총독부가 발각 뒤집혔다. 총독부 중추원 고문 이완용은 만세를 부르는 국민을 폭도들로 규정하고 급히 천도교 주임 정광조(손병희의 사위)를 찾아가 엄포를 놓았다.

"이런 걸 두고 당랑거철(螳螂拒轍)이라 하는 것이오."

"무엇이라, 이 엄숙한 만세운동을 당랑거철로 보다니?"

당랑거철은 사마귀가 앞다리를 쳐들고 수레바퀴에 덤벼든다는 말로 제 분수를 모르고 함부로 날뛰는 것을 가리키는 말이었다.

"어떻든 당장 폭도들을 잠재우세요. 그렇지 않으면 천도교 장래도 평탄치 못할 것이오."

"백성들의 항거를 폭도라니요?"

"그렇소. 이건 폭도들이 일으킨 폭력 사태요."

"당신은 도대체 어느 나라 백성이란 말이오?"

전국에서 각 단체별로 조선 독립을 요구하는 청원서를 총독부에 보내기 시작했다. 전 중추원 의장 김윤식도 뜻을 같이하는 사람들과 함께 총독부에 청원서를 보냈다. 이완용은 이번에는 김윤식을 찾아가 배신자를 질타하듯 소리쳤다.

"대감은 조선 민족을 소멸시키는 짓을 하셨습니다. 어전회의에서 합방에 동조할 때는 언제고 이제 와서 새삼스럽게 이런 짓을 하다니요. 한시바삐 하세가와 총독에게 달려가 엎드려 사죄하는 것이 신상에 이로울 것입니다."

"이 고문이야말로 우리 백성들 앞에 엎드려 사죄하시오. 그렇지 않으면 하늘이 용서치 않을 것이오."

백발이 성성한 김윤식이 이완용을 꾸짖었다. 김윤식은 이완용보다 나이가 무려 23년이나 위인 원로로 중추원의 선배였다. 김윤식은 나라를 합방시킬 때는 눈치를 보느라 거부하지 못했지만 살아갈수록 가슴을 치는 후회가 밀려들었다.

이완용은 도리어 분이 풀리지 않아 더 강도 높게 퍼부었다.

"명색이 중추원 의장을 지내신 어른이 폭도들을 꾸짖을 생각은 하지 않고, 폭도들을 감싼 것은 나라에 대한 반역이라는 걸 왜 모르신단 말씀이오."

"폭도라니. 우리 백성들이 자기 권리를 주장하는데 폭도라니!"

"자기 권리라니요? 조선 사람에게 무슨 권리가 있다는 말씀이오."

"어서 나가시오. 내 집에서 어서 나가란 말이오."

김윤식은 몸을 떨며 이완용을 내쳤다.

이완용은 서둘러 총독부로 달려가 하세가와 총독과 함께 김윤식과 이용직이 보낸 청원서를 불사르며 더 이상 그런 청원서가 들어오지 못하도록 방법을 강구했다. 유림들의 교육기관인 전국의 경학원에 "선생들은 언행에 각별히 조심해야 할 것이며 경거망동한 자는 섶을 지고 불 속으로 들어가는 것과 같은 것이다."라는 경고문을 보냈다. 그렇게 경고하고 협박을 했는데도 만세운동이 계속 불타오르자 이완용은 경고문을 총독부 기관지『매일신문』(『대한매일신보』를 빼앗은 것)에 연이어 세 차례나 게재했다.

첫번째 경고문은 다음과 같았다.

지금 몰지각한 폭력배들이 벌이고 있는 조선 독립이라는 선동은 헛된 말이며 망령된 행동에 불과한 것이다. 무지한 젊은 녀석들이 어리석은 행동을 하고, 이어서 각 지방에서 풍문을 듣고 일어나 치안을 방해하는 탓에 당국에서 즉시 엄중히 진압하려고 하면 어찌 방법이 없겠는가.

이어서 두 번째 경고문을 게재했다.

하세가와 총독님께 너그럽게 대처해 줄 것을 요청했으나 총독님은 국법에 관한 중대 사건이므로 용서할 수 없다고 말씀하시고 또 일본 육군성에서 조선의 소요를 진압하기 위해 군대를 보내기로 했다는 것을 알고 동포의 충정으로 참을 수 없어 이 경고문을 발표하게 되었노니 상식이 있는 자들은 빨리 해산하길 바란다.

첫 번째와 두 번째 경고문은 협박이었고, 세 번째는 합병의 타당성을 설명하면서 달래는 내용이었다.

이번 조선 독립의 주장은 구주대전(세계대전)의 여파로 최근에 수입된 소위 민족 자결주의라는 말 때문에 제군들이 동요하게 된 것이 명백한 사실이다. 그러나 민족 자결주의가 조선에 부적당하는 것은 내가 말하지 않아도 모두 아는 일이다. 대저 일본과 조선은 상고 이래 같은 족속이며 같은 뿌리임은 역사에 있는 바이다. 그런즉, 일한

거룩한 길

병합으로 말하면 당시에 안으로는 구한국의 사세와 밖으로는 국제 관계로 천만 번 생각할 때 역사적인 순리와 세계적 대세의 순리에 의하여 단행된 것으로 우리의 행운이었다.

　우리 조선은 국제 경쟁이 과격하지 않던 시대에도 일국의 독립을 완전히 유지하지 못했음을 제군들도 아는 바이다. 오늘날과 같이 구주대전으로 인하여 전 세계를 개조하려는 시대에, 우리가 이삼천 리에 불과한 강토와 모든 정도가 부족한 천만에 불과한 인구를 가지고 독립하자고 큰 소리로 외치니 어찌 허망된 꿈이 아니겠는가.

　세 번째 경고문은 일제의 무자비한 탄압으로 만세운동이 진정되기 시작할 때, 이완용이 이 기회를 놓치지 않고 독립은 허망한 것임을 백성들에게 확실히 깨닫게 해 주기 위해 올린 글이었다.

　그렇게 삼일운동이 지나가고 육군 대장 출신 하세가와 대신 조금 부드러운 모습을 가진 사이토 마코트가 총독으로 부임했다. 사이토는 해군 대장 출신이었다. 이번에도 이완용은 삼일운동을 진정시키는 데 공헌했다는 이유로 일본 천황으로부터 '후작'이라는 작위를 하사받았다. 후작은 일본에서도 몇 안 되는 작위였고 백작보다 권위가 높았다. 이완용의 아들 이항구는 남작위를 받았다. 조선 사람으로서 아버지와 아들이 나란히 귀족 작위를 받은 것은 이완용 가문이 유일했다. 이완용은 조선을 뛰어넘어 일본에서도 고관대작이 된 것이었다.

　이완용에게 이제 꿈이 있다면 일본에서 최고가 되는 일이었다. 일본에서 최고라면 천황을 제외하고, 총리대신이었다. 나이만 젊다면 자신 있었다. 그는 나이를 아쉬워하며 장손에게서 그 꿈이 이루어지기를 바랐다.

이완용은 지난 1913년, 메이지의 뒤를 이어 천황이 된 다이쇼에게 뛰어난 필체로 "바다 밑을 벗어나지 못하니 온 세상이 어두웠는데 하늘 가운데에 이르니 만국이 밝아지도다."라고 쓴 글을 바쳐 크게 칭찬을 들은 적이 있었다.

"우리는 이 공을 하늘이 일본에 보내 준 선물이라고 말하는데, 과연 맞는 말이오. 나이만 젊다면 내 곁에 두고 싶은 욕심이오."

"천황 폐하의 뜻을 받들지 못해 황송합니다. 그러나 폐하께서는 젊으시니 신의 손자로 하여 폐하의 은공에 보답하도록 가르칠 것입니다."

"좋은 생각이오. 손자를 잘 키우세요."

이완용은 손자의 장래를 그려 보았다. 새로 즉위한 천황 다이쇼에게 지극한 충성을 바치면 손자 대에 가서는 일본 내각을 향해 붕새의 날개를 펼칠 수도 있을 것이었다. 이완용은 일본으로 조기 유학을 가는 손자를 불러 앉혔다.

"너는 장차 무엇이 되고자 하느냐?"

"할아버지처럼 되고 싶습니다."

"할아버지 정도 가지고 되겠느냐. 사람은 꿈을 크게 꾸어야 하느니라."

"조선에서 할아버지보다 더 높은 사람도 있어요? 이태왕 전하나 이왕 전하도 할아버지 앞에서 쩔쩔매는데."

"너는 할아버지보다 더 높은 사람이 되어야 한다."

"할아버지보다 더 높은 사람이 누군데요?"

"네 말대로 조선에는 없지만 일본에는 있느니라."

"그럼 천황 폐하요?"

"천황 폐하는 아무나 되는 것이 아니니, 천황 폐하 다음가는 사람쯤
은 되어야겠지."

"그럼 총독님이겠네요."

"총독보다 더 높은 사람이 총리대신이다. 앞으로 네가 어른이 되었
을 때는 일본 땅에 이씨 성을 가진 일본 총리대신이 나와야 하지 않겠
느냐."

"그럼 이토 히로부미 님 같은 사람이 되란 말씀이군요?"

"옳지, 그분께서는 일본 제일의 총리대신이셨다. 총리대신뿐만 아니
라 추밀원 원장을 여러 번 하신 분이다. 그런 분을 흠모하면 세상을 보
는 안목이 크게 달라질 것이야."

"그럼 저도 할아버지처럼, 이제부터 이토 히로부미 님 사진을 제 방
에 걸어 놓고 날마다 바라보며 존경하겠습니다."

"좋은 생각이다. 그분은 할아버지의 스승님이시고 은인이시다. 우리
가문을 일으켜 세우게 해 주신 분이니 결코 잊어서는 안 된다."

이제 열두 살 먹은 아이는 크게 결심을 한 듯 고개를 끄떡이고 이완
용은 그런 아이를 기대에 찬 눈으로 바라보았다. 그리고 아이는 잠시
말이 없더니 고개를 갸우뚱하며 물었다.

"그런데 왜 조선 사람들은 이토 히로부미 님과 할아버지에게 욕을

하는지요?"

"그건 못 배우고 못 가진 자들의 반란이니라. 그리고 욕은 암만 해 봐야 뱃속으로 들어가는 게 아니니 걱정할 것 없다."

거룩한 길

혼란스러운 임시정부

삼일만세운동이 산불처럼 조선 팔도를 휩쓸고 지나간 다음, 국내든 해외든 독립운동 본부가 있는 곳마다 임시정부를 세우기 시작했다. 국내에 한 곳, 해외에 일곱 곳을 합해 모두 여덟 개 임시정부가 세워졌다. 이들은 서로 민족과 나라를 대표한다며 서너 달 동안 혼란이 거듭되었다. 그러다가 대한국민회의, 상해 임시정부, 한성 정부, 세 곳으로 압축되었다.

'대한국민회의'는 만주와 러시아에 흩어져 있던 독립운동 지도자들이 블라디보스토크에 모여 만든 임시정부였다. 대통령에 손병희, 부통령에 박영효, 탁지총장 윤현진, 군무총장 이동휘, 내무총장 안창호, 산업총장 남형우, 참모총장 유동렬, 강화대사 김규식 등을 내정했다.

한편으로는 삼일운동 이후 국내와 해외에서 활동하던 독립운동가들이 너도나도 상해로 모여들었다. 김구도 국내 활동을 접고 상해로 갔다. 상해에서도 임시정부 설립을 위한 집회를 열었다. 첫 집회에 모인 애국지사들은 이회영, 이시영, 이동녕, 조완구, 신채호, 현순, 손정도, 신익희, 조성환, 이광, 이광수, 최근우, 백남칠, 조소앙, 김대지, 남형우, 김철, 선우혁, 한진교, 진희창, 신철, 이영근, 신석우, 조동진, 여운형, 여운홍, 현창운, 김동삼 등 28명이었다. 사실 상해에서는 1년 전부터 대동 단결 선언을 하면서 임시정부를 수립한 적이 있었으므로 임시정부 수립이 다른 지역보다 갑작스럽지가 않았다. 상해 임시정부는 만세운동을 할 때 선언했던 독립선언서를 각 나라 공관에 이미 보내 놓은 상태였다.

모일 사람이 다 모이자 지역별로 대표들을 뽑아 임시정부 수립을 위한 회의를 열었다(1919.4.10). 임시의정원을 먼저 구성하고 의장에 독립운동가의 원로일 뿐만 아니라 나이가 최고령인 회영을 선출했다. 그러나 앞에 나서는 것을 용납하지 않은 회영이 이를 거부했다. 열 번 스무 번을 권했지만 결코 받아들이지 않았다. 회원들은 하는 수 없이 다음 고령자인 이동녕을 선출했다. 상해 임시의정원은 처음엔 내각책임제를 택하여 국무총리에 이승만, 내무총장에 안창호, 외무총장에 김규식, 재무총장에 최재형, 법무총장에 이시영, 군무총장에 이동휘, 내무차장에 신익희 등을 내정했다.

또 하나 '한성 정부'는 국내에서 만든 임시정부였다. 이만식, 이용규, 유식, 김명선 등 13도 대표 24명이 인천 만국공원에 모여 국민대회를 열고 집정관 총재에 이승만, 국무총리에 이동휘, 내무 이동녕, 외무 박용만, 군무 노백린, 재무 이시영, 법무 신규식, 학무 김규식, 교통 문창범, 노동 안창호, 참모에 유동렬 등을 내정했다. 임명된 사람들 모두 해외 망명자들이었다.

한 사람이 두 곳 또는 세 곳까지 중복 임명된 사람들도 있었다. 이승만은 상해 임정과 국내 한성부에서 최고 책임자로 선임되었고, 안창호와 김규식은 세 곳에서, 이시영과 이동휘는 두 곳에서 선임되었다.

그런데 세 곳 모두 민족을 대표할 수가 없으므로 세 곳 임시정부들이 싸우기 시작했다. 국내 한성 정부에서 강경하게 상해 임정을 취소할 것을 요구하고 나섰다. 블라디보스토크 대표들과 간도 일대 대표들도 상해 임시정부를 인정할 수 없다고 선언했다. 그렇게 4개월이나 싸웠지만 모든 조건에서 상해를 따라갈 곳이 없다는 데 공감하지 않을 수 없었다. 상해는 해외로 나가기에 교통이 유리한 데다 외국 조계가 있어 일본이 함부로 넘볼 수 없는 곳이었다. 결국 상해 임정이 임시정부로서 가장 적합하다는 결론이 내려지고, 임시정부는 상해 임정으로 통일되었다.

이렇게 하여 상해 임시정부가 민족을 대표하게 되자 이번에는 임정 내부에서 서로 기선을 잡으려고 싸움이 벌어졌다. 정부를 세우면 권력이 생기므로 기선을 잡기 위해 각축전이 벌어진 것이었다. 상황을 지켜보던 회영이 깜짝 놀라 임정 설립 자체를 반대하고 나섰다.

"나라도 없이 권력 싸움을 하다니. 이 모두가 정부를 세우려고 한 탓이오. 지금은 정부를 세우는 게 아니라 독립운동 총본부를 조직해야 합니다. 힘을 하나로 결집해야 한다는 말이오."

분위기가 싸늘해졌다. 잔뜩 부풀어 오른 꿈에 찬물을 끼얹어 버린 것이었다. 그렇다고 독립운동 지도자 중 가장 어른인 원로에게 대뜸

혼란스러운 임시정부

불만을 표시할 수도 없었다. 그러나 곧 분위기는 전환되고 말았다.

"우당 선생님께서는 세상 흐름을 아직 파악하지 못하고 계신 탓입니다."

이제 막 상해로 들어와 합류한 젊은 동지가 용감무쌍한 표정으로 말문을 열었다.

"그렇습니다. 광복이 눈앞에 다가와 있습니다. 서둘러 임시정부를 조직하여 광복을 맞이할 준비를 해야 할 때라는 걸 아셔야지요."

"우당 선생님의 말씀은 노파심에서 하신 말씀으로 여기겠습니다."

한 사람이 물꼬를 트자 줄지어 목소리를 높였다. 회영은 더욱 강경하게 나갔다.

"광복이 어디에서 어떻게 오고 있는지 말해 보시오!"

그들은 대답하지 못했다.

"그럼 항일투쟁은 이제 끝이 난 게요? 일본이 물러가기라도 했단 말이오?"

역시 아무도 대답하지 못했다.

"우리의 모든 힘을 끌어모아도 부족한 형편이오. 지금 독립운동 단체가 산발적으로 흩어져 있소. 하루속히 하나로 연합하여 힘을 기르는 것이 정작 우리가 해야 할 일임을 알아야 하오."

회영이 계속 답답한 심정을 토해 냈지만 그들은 들으려 하지 않았다. 오히려 더 과격하게 반격을 했다.

"사실 우당 선생님은 보황파라는 말이 있는데 세상을 다시 왕조 시대로 만들자는 생각이 아닌지요?"

거룩한 길

앞에서 분위기를 전환시켰던 젊은 동지가 다시 나섰다.

"우당 선생님께서는 왕실과 사돈을 맺었으니 왕실이 되살아나기를 바랄지도 모르지요."

또 한 사람이 맞장구를 치고 나섰다.

"그대들이야말로 세상 흐름을 전혀 파악하지 못한 사람들 아닌가. 지금이 황제를 받들어 보황을 할 시대냔 말이오."

회영이 무슨 말을 해도 그들은 이미 부풀어 있는 꿈을 포기할 수 없었다. 그들은 원로든 뭐든 무시해 버리면 그만이라는 생각으로 말을 주고받았다.

"뭐가 문젭니까. 절이 싫으면 중이 떠나야지요."

"옳은 말이오. 사실 따지고 보면 우당 선생님은 보황파라는 말을 들을 수밖에 없질 않소이까."

"맞는 말이오. 왕실과 사돈을 맺은 분이고. 왕께서 매달 생활비까지 보내 주었다는 말이 있었어요."

"지금 고집을 부린 것도 명문가의 자존심이지 뭐겠소."

회영은 무려 한 달 동안 있는 힘을 다해 막아 보았지만 중과부적이었다. 함께 신민회를 만들고 만주 군사 기지를 세웠던 사람들마저 침묵했다. 더욱이 신흥무관학교를 세우느라 처음부터 끝까지 함께 갖은 고초를 겪었던 이동녕도 묵묵부답이었다.

회영은 결국 충격과 실망을 안고 상해에서 발길을 돌렸다. 배를 타기 위해 황포강으로 나갔다. 그는 강가에 서서 "부재가 없는 탓이오!" 라고 탄식했다. 이상설에 대한 그리움이 뼈에 사무쳤다.

회영은 상해를 떠나 석영을 만나러 천진으로 갔다.

"우당!"

석영이 반가움에 눈물을 흘렸다. 회영이 추가마을을 떠난 지 6년 만이었다.

"너무 늦었습니다, 형님!"

"이게 얼마 만이냐!"

회영은 몰라보도록 늙어 버린 석영을 보고 자꾸 눈물을 흘렸다.

회영은 석영을 만나 하룻밤을 함께 자며 회포를 푼 다음 집 안을 둘러봤다. 쓸쓸하기 짝이 없었다. 만주에서만 해도 큰 집에서 살던 석영의 살림이 형편없이 변해 있었다. 방 두 칸짜리 허름한 집을 얻어 몸이 아픈 형수와 조카 규준, 규서와 살고 있었다. 그런데 경만이 보이지 않았다.

"경만이는 어딜 갔는지요?"

"그놈 말은 꺼내지도 말거라."

석영이 벌컥 화를 냈다. 경만은 천진에서 석영의 집을 나가고 말았다. 석영이 독립운동 단체에 또 자금을 대는 것 때문이었다.

의열단에서 활동하던 규준이 다물단으로 옮기자 석영은 다시 다물단 운영비를 내고 있었다. 다물단은 고구려 때 옛 고조선 땅을 찾겠다는 정신을 이어받아 이름 지은 단체로, 중국에서 독립운동가들을 일본에 밀고하는 밀정들을 찾아내어 처단하는 것을 목표로 삼았다. 조국과 동지를 배신한 자는 지옥에라도 따라가 처단한다는 것이 원칙이었다. 다물단은 의열단과 비슷하지만 의열단은 거물급 일본인과 친일파들

거룩한 길

뿐만 아니라 기관도 폭파하는 규모이며 단원들이 각자 개인적으로 움직였다. 그리고 활동 무대도 국내와 일본 등 매우 위험한 지역을 담당했다. 규준과 규학은 의열단의 참모인 유자명의 지도 아래 북경을 담당하고 있었고 규준이 북경 다물단 단장이었다. 단장인 만큼 활동 자금을 담당해야 했다.

그런데 석영이 계속 다물단의 자금을 대자 경만은 서둘러 나머지 금을 불을 때지 않는 아궁이에 감추어 버렸다. 석영이 자금을 내주려고 금고를 열었더니 금이 통째로 사라지고 없었다. 석영은 추호도 경만을 의심하지 않았다. 도둑이 든 것이라고 여기며 한탄하고 있었다. 그런데 석영이 보기에 경만이 이상한 구석이 있었다. 금이 사라졌는데도 찾을 생각을 하지 않는 것이었다. 뭔가 보이지 않는 서먹함이 감돌 무렵 경만은 고국에 다녀오겠다면서 집을 떠나 버렸다. 그런 다음 경만으로부터 편지를 받았다. 석영이 회영에게 경만이 보낸 편지를 보여주었다.

어르신, 이놈이 죄를 지었습니다. 그러나 소인은 그렇게밖에 할 수가 없었습니다. 금은 불을 때지 않는 아궁이에 넣어 두었습니다. 소인은 어르신을 놀라게 해 드렸을 뿐만 아니라 독립운동을 방해한 죄인이 되고 말았습니다. 소인, 다시는 어르신 앞에 나타나지 못할 것입니다. 소인은 앞으로도 죄인으로 그냥 살아갈 것입니다. 그래도 한마디만 하렵니다. 소인이 감추어둔 금, 그것만은 어떤 일이 있어도 넘겨주지 마시고, 깊이 간직하셨다가 몹시 어려울 때 쓰시기를 부탁드립니다. 날이 갈수록 어려움만 닥칠 것이니 부디, 제발, 그것만은 간직하여 주시기를 간곡히 부탁드립니다. 아무쪼록 어르신과 마님의 만수무강을 빕니다.

편지를 읽고 난 회영의 눈시울이 붉어졌다. 그동안 석영 형님에 대하여 너무 무관심했다는 자책이 밀려든 탓이었다. 경술년 고국을 떠날 때 55세였으나 지금 15년 세월이 지났으니 석영의 나이 70세였다. 회영은 형님을 살피지 못한 것을 죄송해하면서 위로했다.

"형님, 죄송합니다. 제가 형님을 모셔야 하는데, 그러지 못하니 경만이가 이토록 염려를 하는 것이지요. 아무튼 고맙기 짝이 없는 사람입니다. 지금 이 시국에 경만이 아니면 누가 형님을 그토록 염려하겠는지요."

"그건 맞는 말이다."

석영은 겉으로는 경만을 탓했지만 속으로는 허탈함을 감출 수가 없었다. 경만이 집을 떠난 후 무척 그리웠다. 29세에 이유원 영의정 대감의 양자로 갈 때부터 지금까지 함께 살았으니 40년 가까운 세월이었다. 항상 그림자처럼 보살펴 주면서 그동안 단 한 번도 실망시킨 적이 없었다.

"경만이 돌아올 것입니다. 형님이 걱정되어 그 사람 성격에 돌아오지 않고는 못 견딜 것이니 너무 서운해하지 마시고 기다리세요."

"사람의 정이란 참 무섭구나. 가슴속이 텅 빈 것 같지 뭐냐. 있을 때는 그저 당연하게 여겼더니."

석영이 결국 속내를 드러내고 말았다.

"경만이가 수십 년을 한결같이 충직한 사람이었으니 형님 속이 오죽하시겠습니까."

회영이 꼭 돌아올 거라고 위로를 했지만 경만은 충직한 만큼 고집도 세다는 걸 석영은 누구보다도 잘 알고 있었다.

"경만이 돌아오지 않을 것이다. 한고집 하느니라."

경만은 한 번 아니라고 하면 끝까지 고집을 꺾지 않는 성품이었다. 그렇더라도 석영은 회영의 말대로 경만이 제발 돌아와 주기를 간절히 바랐다.

만세운동에 놀란 일본이 국내에서 독립운동을 하는 사람들을 마구 잡아들이자 독립운동가들이 상해와 북경으로 줄을 이었다. 회영은 북경으로 가 자금성 북쪽 후고루원 근처에 방 여섯 칸짜리 집을 얻었다. 북경에서 동지들을 모아 독립운동을 할 생각이었다.

회영의 집은 잔칫집처럼 날마다 독립운동가들로 북적댔다. 독립운동 지도자인 회영이 북경에 정착했다는 말을 듣고 애국지사들과 애국청년들이 몰려든 탓이었다. 한 달에 쌀 두 가마니 밥을 지어도 모자랐다. 갈수록 돈에 시달렸다. 집세를 내기도 어려워졌다. 어려움을 이겨내기 위해서는 집세가 싼 집을 찾아야 했다. 회영은 여러 번 이사를 한 끝에 북신교 영정문 안에 있는 관음사 호동으로 이사를 했다. 집주인이 관을 짜는 집이라 집세가 턱없이 쌌다.

그때 북경의 부자 김달하라는 사람이 밀정질을 한다는 소문이 돌았다. 김달하는 주로 학문이 높고 인품이 훌륭하여 사람들로부터 존경받는 독립운동 지도자들을 골라 일본과 친해지도록 설득하여 성공하면 일본으로부터 많은 돈을 받아먹는 고급 밀정이었는데 회영과 김창숙을 목표로 삼고 있었다. 먼저 김창숙에게 일본과 손을 잡으면 부귀영화를 누리게 해 주겠다고 설득했다.

"선생님처럼 학문이 높으신 분이 무엇 때문에 성공하지도 못할 독립운동을 하느라 고생하신단 말씀입니까. 내가 이미 조선총독부에 보고하여 높은 자리를 승낙받아 놓았으니 하루라도 빨리 마음을 돌려 여생을 편히 사시기 바랍니다."

김달하의 말이 떨어지기가 무섭게 김창숙이 불같이 화를 내며 호통쳤다.

"네가 감히 나를 매수하려 들다니!"

김창숙은 서둘러 회영을 만났다.

"우당 선생님, 김달하 그자가 나를 매수하려 들지 않겠습니까. 밀정입니다. 이자를 당장 없애야 합니다."

"감히 심산(김창숙의 호)을 끌어들이려 들다니요!"

회영이 눈을 부릅뜨고 소리쳤다.

때마침 김달하가 박용만이라는 독립운동가를 매수하여 일본에 협력하게 하는 대가로 조선 총독으로부터 큰돈을 받았다는 소문이 떠돌았다. 회영은 의열단과 다물단의 참모인 유자명과 조카 규준과 아들 규학을 불렀다. 유자명은 당장 규준, 규학과 함께 김달하 암살 작전을 세웠다.

어두워지자 규준과 규학을 포함하여 네 명의 단원들이 김달하의 저택 대문을 두드렸다. 하인이 누가 온 건지 확인하려고 대문 밖으로 몸을 내밀었다. 단원들이 하인에게 총을 들이대며 김달하가 어느 방에 있는지 대라고 했다. 하인은 2층 민화가 걸려 있는 방에 김달하가 있다고 가르쳐 주었다. 규준 일행은 하인이 일러 준 대로 2층으로 올라가 중국 민화가 걸려 있는 방문을 벌컥 열어젖혔다. 마침 아내와 함께 있던 김달하가 재빨리 몸을 일으키며 총을 집어 들었지만 이미 권총을 손에 들고 있는 다물단 단원들보다 빠를 수는 없었다.

단원들은 김달하를 묶어 뒤뜰로 끌어내어 무릎을 꿇리고, 다물단에서 내린 사형 선고장을 읽어 주었다. 김달하의 목에 밧줄을 걸고, 단장인 규준이 마지막으로 물었다.

"마지막 기회를 주겠다. 조국과 민족 앞에 사죄하고 떠나라."

"나는 사죄할 일이 없다."

"지옥에 가서도 조국과 민족의 가슴에 칼을 꽂겠다는 것인가?"

"나는 조국과 민족을 위해서 그랬다. 우리 민족이 고생하는 것을 막고자 했을 뿐이다. 너희들이 나를 죽이면 내 뒤의 사람들이 가만히 있지 않을 것이다."

"너를 조국의 이름으로 처단한다."

규준의 선언에 따라 화가 머리끝까지 난 단원들이 김달하의 목에 건 밧줄을 있는 힘을 다해 잡아당겼다. 김달하는 끝까지 일본에 충성을 바치는 밀정으로 죽었다.

다음 날 신문에 김달하가 암살됐다는 기사가 크게 났다. 일본은 중국 당국에 반드시 범인을 잡아 엄중 처벌할 것을 요구하고 나섰다. 규준, 규학, 유자명 등은 서둘러 북경을 떠나 상해로 갔다.

마지막 정착지 상해

　김달하를 암살하고 상해로 간 규준과 규학은 영국인이 운영하는 전차회사에 검표원으로 취직했다. 두 사람은 월급에서 절반씩을 떼어 임시정부 운영비와 임시정부 요인들의 생활비로 보내고 절반을 가지고 살았다. 젊은 독립운동가들은 나이가 많은 독립운동가 어른들을 부양해야 했다. 전차 검표원 일은 밤낮 교대 근무를 해야 하는 고된 일이라 중국 사람들은 게으름을 피우는 탓에 영국인 사장은 성실한 한인들을 고용하려고 했다. 그렇게 힘들게 일을 하면서도 규준과 규학은 밀정에 대한 정보가 들어오면 지체 없이 밀정을 처단했다.

　어느 날 규준, 규학에게 소식이 하나 전달되었다. 하북 석가장에서 의열단원 지도자들이 모여 장차 '조선혁명군사정치 간부학교'를 세우기 위해 의논할 일이 있다면서 두 사람에게 꼭 참석해 달라는 것이었다.

　말만 들어도 가슴이 설레는 일이었다. 지금까지 의열단은 단원 개인이 요인을 암살하고 중요 기관을 폭파했는데 이제는 방향을 바꾸기로 하고 단원들이 중국 국민당 정부가 세운 황포군관학교에 입학하여 전문적인 군사 교육을 받고 있었는데 이제는 직접 군관학교를 세운다는 것이었다. 규준과 규학은 무슨 일이 있어도 석가장으로 가기로 마음먹었다.

그런데 출발을 하루 앞두고 규학이 갑자기 몸이 아파 참석이 곤란해지고 말았다.

규준은 어쩔 수 없이 혼자 가기로 마음먹고 정해진 날짜에 맞추어 기차를 타고 하북으로 향했다. 만나자는 장소는 오래된 절로 유명한 융흥사의 대비각 앞이었다.

융흥사는 수나라 때(586) 지어진 것으로 중국 북방 지역에서 가장 큰 절이었다. 이 절은 대비각에 모셔 놓은 '천수천안 관세음보살상'으로 유명했다. 대비각은 3층으로 된 전각이고, 그 안에 천수천안 관세음보살상이 있었다.

융흥사는 석가장에서 도보로 두 시간을 더 가야 하는 작은 도시 정정현에 있었다. 규준은 하북에 내려 두 시간을 걸어가 융흥사에 도착했다. 아직 시간이 남아 있었다. 기다리는 동안 천수천안 관음보살상을 유심히 바라보았다. 어른 남자의 키 두 배나 됨직한 거대한 보살상은 42개의 팔이 뻗어 있고 손마다 42가지 각기 다른 법기(法器)를 들고 있었다. 중생의 고통을 어루만져 주는 손이었다. 규준은 42개 손을 바라보며 "부디 우리 조국과 우리 민족의 고통을 사라지게 하여 주소서!" 라고 빌고 난 다음 시간을 확인했다.

오후 3시에 만나기로 했는데, 시간은 한 시간이 더 지나 있었다. 사

거룩한 길

람이 나타나지 않았다. 대비각을 벗어나 돌이 깔린 긴 마당을 한참 동안 왔다 갔다 했지만 아무도 나타나지 않았다. 뭔가 이상하다는 생각이 들기 시작했을 때, 한 남자가 규준을 정면으로 바라보며 걸어오고 있었다.

규준은 평소 훈련했던 대로 혹시 모를 일에 대비해 품속으로 손을 넣어 권총을 잡았다. 그때 아니나 다를까 총알이 날아왔다. 규준은 정체 모를 남자를 향해 총을 쏘면서 전각 뒤로 숨었다. 융흥사는 전각이 많아 숨기에도 좋지만 위험하기도 한 곳이었다. 적이 어디에 숨어 있는지 알 수가 없었다. 규준은 도대체 무슨 상황인지 이해가 가지 않았다. 의열단 내부 일을 잘 알고 있는 것을 보면 밀정이 틀림없었다. 그렇다면 반드시 사살해야 할 것이었다.

상대도 만만치 않았다. 두 사람은 총격전을 벌이며 융흥사 안을 돌고 돌았다. 양쪽 다 총에 맞아 상처를 입었다. 그리고 밤이 되었을 때에야 규준은 가슴에 총 맞은 상처를 누르며 융흥사를 도망쳐 나올 수 있었다.

피를 많이 흘린 탓에 걸을 수가 없었다. 규준은 사람들이 다니지 않는 캄캄한 길거리에 쓰러져 더 이상 움직이지 못했다. 그리고 다음 날, 날이 밝았을 때 그는 이미 싸늘한 시신이 되고 말았다.

김달하 사건으로 하루하루 불안하게 지내던 석영은 아무것도 모른 채 규준을 찾아 상해로 아내와 작은아들 규서를 데리고 이사를 왔다. 규학이 인사를 드리러 왔다가 규준이 석가장으로 갔다는 소식을 알려

주었다. 그런데 하루 이틀 열흘이 가도록 규준이 돌아오지 않았다. 그리고 편지가 한 통 전달되었다.

　　내가 누구인지 궁금할 줄 안다. 나는 네놈이 죽인 김달하와 매우 가까운 사람이다. 우리는 다물단 놈들을 차근차근 없애 버리기로 했다. 특히 우두머리 노릇을 하는 너를 가장 먼저 죽이기로 했다. 만약 네가 살아 있다면 각오하라.

유자명과 규학이 무슨 일인지 알아보기 위해 의열단원들을 만났다. 편지 내용대로 남자는 규준이 북경에서 처단한 밀정 김달하의 부하였다. 규학은 김달하를 죽일 때 그가 "너희들이 나를 죽이면 내 뒤의 사람들이 가만히 있지 않을 것"이라고 말했던 것이 떠올랐다.

유자명과 의열단의 노력으로 규준의 시신을 찾아냈다. 규준의 나이 28세였다. 너무 어이없이 아들을 잃은 석영은 말문을 닫아 버렸다. 임시정부의 법무 총장으로 있는 다섯째 동생 시영이 석영을 위로했다.

"독립운동가들의 운명이 이런 것인 걸 어찌합니까. 규준이는 밀정과 싸우다가 목숨을 바쳤습니다. 임시정부에서도 그동안 애쓴 것을 높이 사 규준이의 장례를 엄숙하게 치러 주기로 했습니다."

석영은 동생 시영의 말대로 규준의 죽음을 장하게 생각하려고 애쓰면서도 마음을 잡기가 힘들었다.

한편 회영은 북경에서 10년 동안 젊은 동지들과 함께 독립운동을 하면서 가난과 싸워야 했다. 집세가 싼 집을 찾아 수십 번 이사를 다녔지만 버틸 방법이 없어 옷을 전당포에 잡히고 받은 돈으로 죽을 끓여 먹기도 하고 그것마저 떨어지자 굶어 죽어 가는 순간에 김창숙이 발견하여 살려 내기도 했다. 형편이 이렇게 되자 어쩔 수 없이 아내 은숙이 돈을 벌기 위해 국내로 돌아갔다.

회영은 그런 와중에도 쉬지 않고 독립운동을 하다가 일본 경찰에 쫓겨 상해에 가기로 했다. 상해는 장남 규학이 있고 석영 형님과 동생 시영이 있는 곳이었다.

회영은 아들 규창을 데리고 천진에서 배를 타고 상해 황포강 부두에 도착했다. 장남 규학이 세 들어 살고 있는 방 한 칸에 짐을 풀기가 무섭게 석영 형님을 만나러 갔다. 회영도 상해에 와서야 규준이 밀정에게 죽었다는 걸 알고 충격을 받았다.

"그렇게 용감했던 규준이가 죽다니!"

"우당을 보니 이제야 숨을 쉬겠구나."

석영은 반가움과 서러움에 겨워 어쩔 줄 몰랐다.

"규준이의 희생은 억울하기 짝이 없는 일이지만 조국을 위해 잘 싸우다 갔으니 칭찬해 주시고, 심기를 붙드셔야 합니다."

그런데 며칠이 가지 않아 또다시 슬픈 소식이 들어왔다. 셋째 철영과 막내 호영까지 밀정들로 보이는 괴한들에게 죽임을 당했다는 소식이었다. 충격 속에 석영이 입을 열었다.

"조국이 우리 형제들 목숨을 간절히 원하고 있구나."

석영의 말은 슬픔을 넘어 비장하고 엄숙했다.

상해 임시정부에서는 김구, 이시영, 이동녕, 조상섭, 이유필, 김갑, 홍남표, 김두봉, 조소앙 등 임정 요인들이 원로 이회영을 영접하는 환영회를 열었다.

"자리 싸움, 권력 싸움이 독립운동을 방해하는 요인이 될 수 있으니 아직은 때가 이르다고 하시면서 임시정부보다는 지사들의 힘을 모을 수 있는 총독립단체를 세워야 한다고 주장하셨던 우당 선생님과 우리 임시정부가 그동안 사이가 그리 가깝지 못했던 것이 사실이오. 사실은 그 후에 우리가 모시려고 사람을 보냈으나 선생님께서 끝까지 거부하셔서 도리가 없는 일이었습니다. 그러나 이렇게 어려운 시기에 원로이신 우당 선생님께서 상해로 오셨으니 더욱 힘을 얻게 되었습니다."

김구의 환영사에 분위기는 더욱 엄숙해졌다. 이동녕이 눈물을 흘리며 회영의 손을 잡았다. 군사 기지를 답사할 때부터 함께 조이손 도독과 원세개를 찾아다니며 신흥무관학교를 세우기 위해 애썼던 일은 죽어도 잊지 못할 일이었다.

임시정부는 출발 당시 서로 권력을 잡으려고 자신을 내세우며 아우성을 치던 것과 정반대로 쓸쓸했다. 있는지 없는지도 모를 지경이었다. 임시정부 핵심 인사들은 독립운동 자금이 한 푼도 들어오지 않아 겨우 목숨만 지탱하면서 임시정부를 지키기 위해 몸부림치고 있었다.

다섯째 시영은 프랑스인 거주지의 초가집에서 둘째 아들 규홍과 둘이 살고 있었다. 이동녕은 김구, 조안구와 함께 방 한 칸을 얻어 살고 있었다. 그런 분위기를 틈타 밀정들은 배고픈 독립운동가들을 갖가지 방법으로 매수하려 했다. 상해에서는 누가 독립운동가이고 누가 일본의 앞잡이인지 구분하기조차 어려웠다.

그들 가운데 옥관빈과 이용노는 거물급 밀정이었다. 옥관빈은 일제가 세운 제약회사 사장이고 이용노는 한인회를 이끌고 있는 간부였다. 그들이 회영에게 인사를 하며 아부를 떨었다.

"세상이 우러러보는 우당 선생님을 뵐 줄 꿈에도 몰랐습니다."

"그렇습니다. 아무리 세상이 바뀌었어도 우당 선생님은 조선의 명족이신데. 이렇게 가까이 뵙다니, 꿈만 같습니다."

김구가 얼굴을 찌푸리며 회영에게 옥관빈과 이용노를 조심해야 한다고 귀띔을 해 주었다.

회영은 황포강과 가까운 정자간에 방 한 칸을 얻었다. 정자간 방으로 유자명, 백정기, 정화암, 오면직 등 젊은 동지들이 모여들었다. 그들은 북경에서 함께 활동했던 동지들이었다. 회영은 그들과 함께 '남화한인청년연맹'(줄여서 '남청연')이라는 새로운 독립운동단체를 만들고 국제적으로 발이 넓은 유자명을 의장으로 임명했다. 유자명은 중국 국민당 원로인 이석증, 오치휘와 친밀해서 무슨 일이 일어나면 도움을 청할 수가 있었다. 이석증과 오치휘는 만주에서 일본을 몰아내려는 항일운동 단체와 통하는 큰 인물들이었다.

남청연이 출범하자마자 회영은 유자명을 통해 이석증과 오치휘를 만나 서로 협력하여 일본의 침략을 막아 낼 방법을 찾기 시작했다. 그런데 마침 기다렸다는 듯이 이석증과 오치휘가 먼저 깜짝 놀랄 만한 제안을 내놓았다.

"지금이야말로 조선 독립운동 단체와 중국이 힘을 합해 일본의 침략을 막아 내야 할 때라고 봅니다. 더욱이 만주는 중국 못지않게 한국과 관계가 깊은 데다 한인 교포가 백만이 넘는 곳인데, 한인 독립투사들이 힘만 모아 준다면 장차 중국 정부는 만주를 한인 자치구로 인정할 수 있습니다. 최근 윤봉길이 홍구공원에서 폭탄을 터트린 것처럼 큼직한 거사를 일으켜 항일전선을 펼쳐 주기만 한다면 꼭 그렇게 하겠습니다."

한인 자치구라니, 말만 들어도 가슴이 뛰었다. 만주에서 한인들이 살고 있는 지역을 마치 한국 땅인 것처럼 독립된 지역으로 만들어 주겠다는 말이었다. 그것이야말로 간절히 바라는 소망이었다.

회영은 서둘러 젊은 동지들과 의논했다. 일을 추진하자면 만주로 가야 했다. 그런데 만주는 이미 일본의 식민지가 되어 버렸고 청의 마지막 황제 부의는 만주국에서 꼭두각시 노릇을 하고 있었다. 만주에서 독립운동을 하는 독립군들도 모두 흩어져 어디론가 피하기에 바빴다. 이런 상황에 만주로 간다는 것은 매우 위험한 일이었다. 그렇다고 하늘이 준 기회를 놓칠 수는 없었다. 회영이 당장 만주로 가겠다고 나섰다. 그러자 젊은 동지들이 말렸다.

"선생님은 이제 쉬셔야 합니다. 지금은 만주 사정이 나쁘니 기회를 봐서 저희들이 가겠습니다."

"지금 만주에서 일본이 독립운동가를 일망타진하려고 눈에 불을 켜고 있는데, 젊은 동지들은 의심받기 쉬우니 함부로 움직여서는 안 되네. 나는 늙었으니 안성맞춤이지 않은가. 누가 봐도 혁명 투사로 여기지 않을 테니 말이네."

회영의 말은 일리가 있었다. 젊은 동지들은 어쩔 수 없이 입을 다물고 말았다.

만주로 갈 사람이 정해지자 다음 계획을 의논했다. 일단 회영이 만주로 가 무사히 도착했다는 연락을 하면 젊은 동지들이 즉시 이석증과 오치휘에게 연락하여 한국과 중국의 동지들이 협력하여 조직을 만들고 일본 관동군 사령관 무토를 암살한다는 계획을 세웠다. 그리고 회영이 만주로 떠난다는 사실은 가족에게도 비밀로 하기로 했다.

마침내 만주로 떠날 날을 하루 앞두고 회영은 밤늦게 석영에게 인사를 드리러 갔다. 만주로 가는 일은 가족에게도 숨겨야 하는 일이지만 석영 형님을 경계한다는 것은 형님에 대한 도리가 아니라고 생각했다. 또 만주로 가면 언제 돌아올지 알 수도 없는 일이었다.

회영이 들어서자 때마침 규서와 규서의 친구 연충렬이 함께 있다가 급히 일어나 회영에게 절을 했다. 회영은 가족이 아닌 연충렬이 있어서 별말을 하지 않았다. 석영은 밤이 이슥한 시간에 찾아온 회영을 바라보며 또 무슨 일이 있을 거라고 짐작했다.

"우당, 이런 시간에 무슨 일인가?"

석영이 물었지만 회영은 좀처럼 입을 열지 않았다. 규서가 재빨리 일어나 연충렬을 잡아끌었다. 두 사람이 황급히 방을 나갔다. 회영은 그들이 나가고 난 문 쪽을 잠시 바라본 뒤 조심스럽게 입을 열었다.

"내일 밤 북만주로 떠날 참입니다."

"하필이면 북만주라니? 거긴 지금 위험하지 않느냐?"

"중국의 힘을 얻기 위한 절호의 기회입니다."

"가야 한다면 젊은 사람이 가야지. 우당도 이제 늙었네. 나이 예순다 섯이 아닌가."

석영은 불안한 마음을 감추지 못했다. 석영이 걱정한 대로 회영은 올해 나이 65세였다.

"늙었으니 적임자입니다. 늙고 허름한 나를 누가 거사를 일으킬 인 물로 보겠는지요."

"상해에 온 지 얼마나 됐다고 또 가려고 하는지……."

석영은 섭섭함을 드러내면서도 체념했다. 말려 봐야 소용없다는 걸 알기 때문이었다. 회영은 노쇠한 형님에게 큰절을 올렸다. 그리고 주 머니를 열어 돈 10원을 형님 손에 쥐여 주고는 방을 나왔다.

길거리까지 따라 나온 석영이 뼈만 앙상한 손으로 회영의 손을 꼭 붙잡고 좀처럼 놓을 줄 몰랐다. 석영은 그렇지 않아도 속이 허한데 회 영이 또 어디론가 떠난다고 하자 허무한 심정을 감출 수가 없었다.

"우당, 부디 몸조심하고 속히 돌아와야 하네. 이 늙은이가 기다리고 있다는 거 잊지 말고 속히 돌아와야 해."

회영은 몇 번이나 뒤돌아본 뒤 총총히 발길을 옮겼다. 석영은 바람 에 흰 머리를 날리며 회영이 사라진 길을 오래도록 바라보며 눈물을 닦았다.

다음 날 저녁, 회영은 허름하게 행장을 꾸리고 황포강 부둣가로 나 갔다. 아들 규창이 짐을 들고 따랐다. 영국 여객선 남창호가 손님들을

거룩한 길

태우고 있었다. 회영은 값이 가장 싼 4등실 승선권을 들고 배에 올랐다. 규창이 아버지의 뒤를 따라 함께 올랐다. 배가 떠나려고 뱃고동을 울리기 시작하자 회영이 규창의 손을 꼭 쥐고 형님에 대한 당부를 잊지 않았다.

"규서가 있지만 연로하신 큰아버지를 잘 보살펴 드려야 한다. 대련에 도착하는 대로 편지 보내마."

그런데 대련항에 남창호가 닿고, 회영이 내리자 부두에서 일본 헌병대가 기다리고 있었다. 비밀이 새어 나간 것이었다. 헌병들은 회영을 체포하여 대련 수상 경찰서로 데려갔다. 회영을 넘겨받은 일본 경찰은 바쁘게 서류를 작성하더니 회영을 차에 태워 여순감옥으로 갔다.

"영감, 여기가 어딘 줄 아시오? 조선 혁명투사들을 모시는 여순 감옥이오. 잘 알고 있겠지만 이토 히로부미를 죽인 역적 안중근도 여기서 죽어 나갔지. 당신도 우리 말을 듣지 않고 고집을 피우면 살기 어려우니 잘 생각하란 말이오."

어둑한 여순감옥 내부 통로 끝에 있는 고문실은 분위기만으로도 무시무시했다. 높다란 천장에서 내려온 밧줄이며 사람을 묶기에 좋도록 등이 긴 고문 의자며 가죽 회초리와 몽둥이, 물이 담긴 커다란 나무통, 놋쇠 화로와 인두 등이 먹이를 기다리는 짐승처럼 고문 대상자를 기다리고 있었다.

단칼에 치거라

상해에서는 동지들이 회영으로부터 연락이 오기만을 기다리고 있었다. 분명히 규창에게 대련에 닿으면 편지를 보내겠다고 했는데 2주가 넘도록 소식이 없었다.

어느 날 18세 정도로 보이는 소년이 버스 회사로 규학을 찾아와 종이쪽지를 내밀었다. 규학은 소년의 신분을 물어보기도 전에 종이쪽지부터 펼쳐 보았다.

"11월 17일 밤 이회영, 만주행 남창호 승선."

규학은 머리끝이 솟구쳐 올랐다. 부르르 떨면서 소년을 향해 입을 열었다.

"대체 너는 누구냐?"

"저는 옥관빈 사장님의 제약회사에서 잡일을 하고 있는데 옥 사장님의 작은마님이 이걸 주면서 전하라 했습니다."

소년은 자기도 독립운동가를 돕고 있다면서 사라져 버렸다.

옥 사장님의 작은마님은 옥관빈의 소실 향숙을 이르는 말이었다. 향숙은 기생 출신으로 애국자였다. 향숙은 일부러 옥관빈의 소실이 되어 밀정 옥관빈이 하는 일을 살피고 있었다.

규학은 쪽지를 들고 급히 동지들을 만났다. 동지들은 회영이 떠나기 전 행적을 파헤치기 시작했다. 규창이 석영에게 인사를 하러 갔던 이야기를 했다.

"정말 영석 어르신 댁엘 가셨더란 말이냐? 거기에 누가 있었느냐?"

"아버님 혼자 가셨기 때문에 알지 못합니다."

동지들은 도무지 감이 잡히지 않아 답답했다. 그런데 다음 날 오면직 동지가 급히 뛰어 들어와 심각한 얼굴로 소문을 전했다.

"규서가 술집을 들락거린다는 말을 들었습니다."

"규서가?"

"내 처가 쪽 사람이 규서와 연충렬이 옥관빈과 이용노와 동행하여 고급 술집에서 술을 마시는 걸 봤다고 합니다."

옥관빈과 이용노의 말이 나오자 동지들의 눈에 불이 켜졌다. 서둘러 규서와 연충렬을 불러내어 조사해 보기로 했다. 규창이 그들을 불러내기로 했다.

규창은 규서와 연충렬을 만나 무척 진지하게 다시 애국청년당과 소년동맹을 재건하자고 했다. 올해 20세인 규서는 천진에서부터 규준을 따라 다물단 심부름을 하면서 열심히 활약했고, 상해에 와서는 연충렬, 김철, 서재현 등과 활동하고 있었다. 세 사람 모두 애국청년당과 소년동맹단으로 활동해 오다가 홍구공원 윤봉길 폭탄 사건이 터지자 일본의 감시가 심해 활동이 중단된 상태였다.

"백범 선생님이 자금까지 지원해 주신다고 했단 말이냐?"

규창이 김구가 자금을 지원해 주기로 했으며 남청연의 백정기와 엄형순이 돕기로 약속했다고 거짓말을 했다.

"그렇소. 앞으로 조선 독립은 우리 청년들 손에서 이루어져야 한다고 말씀하시면서 한시바삐 서두르라 당부하셨소. 그러니 어서 일을 추진해야 다른 곳으로 자금이 빠져나가지 않을 것이오."

세 사람은 당장 일을 시작하기로 하고, 규창은 백정기와 엄형순과 의논하여 바로 다음 날 입달농촌학교로 그들을 유인하기로 했다. '입달농촌학교'는 유자명이 책임자로 있는 학교로 임시정부 사람들이 홍구공원 사건으로 일본에게 쫓길 때 김구 등 임시정부 요인들이 몸을 숨긴 곳이었다. 규서와 연충렬은 김구를 만난다는 걸 생각만 해도 가슴이 떨려 밤새 잠을 이루지 못했다.

다음 날 그들은 들뜬 기분을 안고 규창을 따라나섰다. 백정기, 엄형순은 남청연 동지들과 함께 학교로 향했다. 학교는 멀리 한적한 시골에 있는 탓에 학교에서 일어난 일은 외부에서 전혀 알 수가 없었다.

동지들은 밤이 되기를 기다렸다. 규서와 연충렬에게 "김구 선생님은 밤이 되어야 도착할 것이니 그때까지 기다려야 한다"고 했다. 김구는 쫓기는 몸이라 대낮에 함부로 다닐 수가 없는 탓에 두 사람은 동지들의 말을 믿었다.

점점 밤이 깊어 가고 있었다. 김구는 좀처럼 오지 않았다. 규서가 초조한 얼굴로 창밖을 내다보며 고개를 갸웃거렸다. 밖엔 추적추적 비가 오고 있었다. 연충렬의 얼굴에도 불안한 기색이 돌기 시작했다. 동지들도 밤이 깊어가자 마음이 급해져 가고 있었다. 동지들이 어서 일을 시작해야 한다며 백정기와 엄형순을 재촉했다.

"더 이상 지체할 수 없습니다."

"조금만 더 지켜봅시다."

자정이 넘었는데도 김구가 나타나지 않자 눈치 빠른 연충렬이 규서에게 눈짓을 했다. 규서가 알아차리고 화장실에 다녀오겠다며 자리에서 일어섰다. 연충렬도 함께 가겠다며 일어섰다. 화장실은 학교 건물 뒤편에 있었으므로 교실을 벗어나면 그만이었다. 백정기와 엄형순도 화장실에 간다면서 일어섰다.

모두 복도를 벗어나 학교 건물 뒤편 화장실로 갔다. 다 함께 볼일을 보던 중 연충렬이 규서의 옷소매를 잡아끌었다. 두 사람은 동지들보다 먼저 화장실을 벗어나 운동장을 향해 뛰기 시작했다. 백정기와 엄형순이 그들 뒤를 추격했다. 비에 젖은 진흙이 신발에 철떡철떡 달라붙었다. 백정기와 엄형순이 금세 앞질러 가로막았다. 두 사람은 진흙 때문에 발이 앞으로 나가지 않았다. 곧 붙잡히고 말았다. 진흙 위에서 한바탕 난투가 벌어졌다. 다물단으로 유명한 동지들이 그들을 간단히 제압했다.

둘을 결박하여 빗속에 꿇어 앉히고 취조가 시작되었다. 유자명이 물었다.

"이규서, 왜 도망을 치려고 했느냐?"

"김구 선생님께서 오시지 않을 것 같아 그냥 집으로 가려는 것이었습니다."

"그렇다면 가겠다고 말을 하고 가야 할 것 아니냐."

규서가 입을 다물어 버리고 말았다.

"옥관빈에게 동지들을 몇이나 팔아먹었는지 말해!"

성미 급한 백정기가 두 사람 뺨을 후려치며 다그치고 나섰다. 규서의 입에서 피가 흘러나왔다. 연충렬의 입에서도 피가 터졌다. 유자명이 백정기를 말리며 다시 나섰다

"규서, 잘 들어라. 옥관빈에게 무엇을 말해 주었느냐? 네 숙부에 대해서 말이다."

"숙부에 대해서라니요. 천부당만부당합니다."

규서가 펄쩍 뛰었다.

"이 짐승만도 못한 게 거짓말을 하다니."

백정기가 당장 요절을 내야 한다며 분통을 터트렸다.

"다시 묻겠다. 너는 영석 어르신의 하나밖에 없는 혈육이다. 그리고 어르신께서는 독립운동을 위해 조선 제일의 재산을 모두 바친 분이다. 설사 네가 옥관빈과 무슨 거래를 했다 하더라도 우리는 어르신을 생각해 너에게 관용을 베풀 용의가 있다. 다만 거짓 없는 정직한 자백일 때이다."

유자명이 차분하게 설득을 하자 규서의 표정이 변하면서 말을 하려고 입을 달싹거렸다.

"사실은."

거룩한 길

"안 돼!"

옆에서 연충렬이 소리치며 말을 막았다.

"태공(규서의 호), 속지 마시오. 용서란 없소."

백정기가 연충렬을 후려쳐 다른 곳으로 끌고 가 버렸다. 연충렬이 없어지자 규서가 벌벌 떨기 시작했다. 다시 유자명이 달랬다.

"너는 연충렬과 다르다는 걸 알아야 한다. 누가 뭐라 해도 너는 조선에서 제일가는 명문가의 자손이며 백사 이항복의 후예가 아니냐. 그리고 자랑스러운 독립운동가 후손이다. 그러니 모든 것을 말하고 용서를 빌어야 한다. 자, 어서 말하라."

연충렬과 달리 순진한 규서는 그동안의 일을 낱낱이 밝혔다.

천진에서 상해로 온 규서는 애국청년당에서 활동하면서 연충렬을 알게 되었다. 비록 망명 생활을 하는 처지이지만 석영의 가문은 상해에서도 존경받는 가문이었고 규서는 가문 덕에 애국청년단에서 귀공자 대접을 받았다. 특히 연충렬에게 규서는 부러운 존재였다. 이제 막 스무 살이 된 규서는 세상 물정을 전혀 알지 못했고, 두 살 위인 연충렬은 세상사의 더러운 것에 물들어 있었다. 연충렬은 여러 가지 방법으로 규서를 꼬드겼다.

"남자는 나이 스무 살을 먹었다고 하여 성년이 되는 것이 아니라, 여자를 겪어 봐야 비로소 성년이 되는 것이오."

"듣기에 민망하니 나에게 그런 말은 하지 마시오. 그건 우리 가문에 먹칠을 하는 일이오."

"지금은 조선 시대가 아니오. 더욱이 애국 운동을 하자면 통이 커야 하고 남자다워야 한다니까."

규서는 석영이 애지중지 키운 탓에 고집이 세고 자기중심적이기는 하지만, 그래도 보고 들은 것이 있어 가문 정신은 확실했다. 그런데 단 한 번의 실수로 연충렬에게 끌려다니는 신세가 되고 말았다.

어느 날 연충렬과 술집에서 술을 마시게 되었다. 처음 마시는 술이었다. 그때 어디선가 여자들이 다가와 규서와 연충렬 옆에 앉았다. 연충렬의 작전이었지만 규서는 알지 못한 채 당황했다.

"저리 가시오."

규서의 말에 여자도 당황하며 어쩔 줄 몰랐다. 그러자 연충렬이 "상해는 북경이나 천진과는 다르다는 걸 알아야지요. 남자가 여자에게 예의를 지킬 줄 알아야 신사라는 말이오."라고 농담을 하면서 자꾸 술을 마시게 했다. 규서는 금세 취기가 돌기 시작하고, 옆에 앉아 있는 것만으로도 두려웠던 여자가 아름답게 보이기 시작했다. 손을 잡아 보고 싶기도 하고 복숭아 빛깔처럼 고운 볼을 만져 보고 싶기도 했다. 여자가 웃을 때마다 세상에서 가장 아름다운 꽃을 보는 것만 같았다.

그런데 시간이 조금 지나자 여자가 어디론가 사라져 버리고 말았다. 처음에는 화장실에 갔겠거니 했지만 끝내 돌아오지 않았다. 마음이 허전해지고 말았다. 마치 손에 잡았던 아름다운 새를 그만 놓쳐 버린 것 같은 기분이었다. 그 후 며칠이 가도록 그 여자의 웃는 얼굴이 눈앞에 떠올라 견딜 수가 없었다. 길을 가다가도 비슷한 여자를 보면 그녀인가 싶어 가슴이 뛰었다.

거룩한 길

그렇게 규서의 몸이 달아오를 대로 달아올랐을 때 연충렬이 다시 규서를 술집으로 데리고 갔다. 자리에 앉기 무섭게 나비처럼 사뿐 그녀가 들어섰다. 규서는 하마터면 소리를 칠 뻔한 심정을 참으며, 아니 와락 끌어안고 싶은 심정을 참으며 태연한 척했다.

"다시 뵙습니다, 도련님."

그녀가 웃으며 규서에게 인사를 했다. 도련님이라는 호칭은 상해 독립운동가들 사이에 오직 규서에게만 쓰는 말이었다. 규서는 속으로 어쩔 줄 몰랐다. 그동안 미치도록 보고 싶었던 얼굴이 정말 눈앞에 있었다. 연충렬이 시킨 모양이라고 규서는 생각했지만 그런 건 중요하지 않았다. 다시 그녀를 만났다는 사실이 중요했다.

"태공, 오늘은 명화에게 저리 가라고 하지 않으니 웬일이오?"

연충렬이 규서를 향해 농담을 건네고, 여자는 날아갈 것 같은 몸짓으로 술을 따랐다. 규서는 그녀가 준 술을 계속 받아 마셨다. 그렇게 시간이 흐른 뒤 그녀가 규서의 손을 잡고 어디론가 이끌었다. 규서는 그날 밤 명화라는 여자에게 이끌려 함께 잠을 자고 말았다. 그런데 단 하룻밤의 대가는 혹독한 것이었다.

소변을 볼 때마다 심한 통증 때문에 신음 소리가 나올 지경이었다. 점점 증상이 심해지자 연충렬이 병원으로 데리고 갔다. 의사가 여자와 잠을 자서 얻은 병이라고 했다. 병에 걸린 여자에게 옮았다는 것이었다. 규서의 머릿속에 그녀가 떠올랐다. 꽃처럼 아름답던 얼굴이 이제는 더러운 벌레로 변해 버리고 말았다. 의사는 치료를 제대로 하지 않으면 혈육을 남길 수가 없다고 했다. 규서는 하늘이 무너져 내리는 것만 같았다. 형님 규준이 혈육을 남기지 못한 채 죽었기 때문에 이제 가문의 대를 잇는 것은 오직 자신에게 달려 있었다. 규서는 무슨 일이 있어도 가문의 대를 끊어지게 해서는 안 된다고 생각하며 만만치 않은 치료비를 연충렬에게 의지했다. 일주일 치료비가 가난한 독립운동가들의 한 달 생활비였다. 연충렬은 선뜻 치료비를 대 주었다.

그러던 차에 연충렬이 규서에게 "우당 선생님이 요즈음 무슨 일을 하시는지 나에게 좀 알려주시오."라고 부탁했다. 규서는 치료비를 대 준 연충렬을 믿고 의지했으므로 무엇이든지 말할 수 있었다. 그리고 연충렬이 대 준 치료비가 옥관빈으로부터 나왔다는 것을 뒤에 알게 되었다. 연충렬은 옥관빈과 이용노의 사주를 받아 회영이 상해로 온 후 계속 회영의 동태를 살피고 있었다. 그렇게 살피던 중 만주로 가기 전날 회영이 집으로 인사차 왔을 때 연충렬과 함께 엿듣고 옥관빈에게 말해 준 것이었다.

모든 것을 알고 난 동지들이 털썩 주저앉았다. 짐작했던 대로 회영은 일본에게 붙잡혔을 것이고, 살아나기를 바란다는 것은 어리석은 일이었다. 충신 가문에서 역적이 나고 효자 가문에서 패륜이 난다는 말이 떠올랐다. 유자명, 백정기, 엄형순이 빗속에 무릎을 꿇고 앉아 통곡했다. 모두 한두 번씩 붙잡혀 일본 경찰에게 고문을 받아 보았고 감옥살이를 해 보았으므로 지금쯤 어떤 일이 벌어지고 있을지 눈에 선했다. 백정기가 규서의 뺨을 후려쳤다.

"이 벌레만도 못한 것, 우당 선생님은 네 숙부가 아니냐."

"더 이상 지체할 것 없어요."

엄형순이 재촉하자, 동지들이 연충렬을 규서 옆으로 끌고 와 목에 밧줄을 걸었다. 그리고 처형하는 이유를 말했다.

"자, 연충렬 너를 다물단의 규칙에 따라 처단하겠다. 마지막으로 기회를 줄 테니 조국과 우당 선생님 앞에 사죄하고 가거라."

모든 것을 체념한 연충렬이 동지들을 빤히 쳐다보며 항의했다.

"조국? 조국이 우리에게 무엇을 해 줄 수 있단 말이오? 옥 사장님과 이용노 두 분 말을 나는 지금도 믿고 있소."

"놈들이 뭐라고 했느냐?"

"세상이 곧 일본 천하가 될 것이라 했소. 독립운동이 오히려 우리 민족을 힘들게 한다고 했소. 이제는 일본을 원수로 여길 게 아니라 일본을 돕는 것이 우리 민족이 사는 길이라 했소."

연충렬은 전혀 후회가 없다는 듯이 말했다.

"너를 조국의 이름으로 처단한다."

동지들이 연충렬의 목에 건 밧줄을 힘껏 잡아챘다. 연충렬이 비스듬히 쓰러지며 몸부림쳤지만 곧 숨이 끊어지고 말았다.

다음은 규서 차례였다. 규서가 사시나무 떨듯 떨고 있었다. 동지들은 규서에게 밧줄을 던져 주며 명령했다.

"너는 네 스스로 목을 매거라. 이것이 너에게 베풀어 준 조국의 배려다."

그것은 다물단의 규칙을 위반한 것이었다. 지금까지 다물단에서는 밀정으로 확인되면 즉시 처형하는 것이 엄정한 규율이었다. 그러나 규서는 독립운동 시작의 중심에 있는 이석영의 하나밖에 없는 혈육이었다. 규서의 생명이 끊어지면 이항복 10대 혈손이 끊어지고 말 것이었다.

"부디, 목숨만 살려 주십시오."

"네가 조국과 천륜을 버리고도 살기를 바라느냐?"

규서는 아버지를 생각해 울부짖으며 매달리고, 동지들은 유자명에게 규율대로 처단할 것을 독촉했다. 억수 같은 비가 규서의 얼굴을 질타했다. 유자명이 땅바닥을 치며 울부짖었다.

"규서야, 하필이면 네가 왜!"

유자명은 울면서 규서의 집행을 다음으로 미룬다고 선언했다. 동지들이 규서를 교실로 끌고 가 꽁꽁 묶어 둔 채 밤을 보냈다.

다음 날, 날이 밝자 유자명은 석영을 만나러 황포강 부두로 갔다. 석영은 상해로 온 이후 날마다 강가로 나가 시름없이 강을 바라보며 아들 규준과 고국을 그리워하는 것이 일상이었다. 유자명이 석영 앞에 무릎을 꿇고 앉았다. 그리고는 어렵게, 아주 어렵게, 말문을 열었다.

"어르신, 규서가……."

유자명은 차마 말을 하지 못한 채 몸을 떨었다.

"규서라니?"

석영이 되물었다. 그렇지 않아도 지난밤 규서가 들어오지 않았던 것을 기억했다. 규서는 이제 어엿한 스무 살 청년이 되었고 하룻밤 외박을 했다 하여 크게 걱정할 일은 아니었다. 애국 운동을 하다 보면 가끔

거룩한 길

집에 들어오지 못할 때가 있었다. 그런데 유자명의 태도로 미루어보아 규서에게 무슨 변고가 생긴 게 틀림없었다. 석영은 등골이 오싹했다. 규준이를 밀정들에게 잃었는데 규서마저 잃은 것은 아닌가 하는 두려움이 스쳤다. 그러나 독립운동을 이끌어온 어른다워야 한다고 생각했다. 곧 침착하게 마음을 다잡으며 물었다.

"규서에게 무슨 변고라도 생긴 게냐?"

"예, 어르신."

석영은 더 이상 묻지 못했다. 죽었다고 할까 봐 두려웠다. 몸이 못쓰게 됐다고 할까 봐 두려웠다. 하나밖에 없는 마지막 핏줄, 가문을 이어갈 유일한 후계자였다. 제발 규서만은 살아 있어야 한다고 마음속으로 빌면서 침묵이 흘렀다. 시간이 얼마나 흘렀을까 석영은 마음을 가다듬고 간신히 입을 열었다.

"살아 있느냐?"

"예, 아직 살아 있습니다."

유자명은 고개를 푹 숙인 채 대답했다.

"다행이구나. 그래, 밀정에게 당한 게냐?"

한시름 놓은 석영은 이번에는 조금 여유 있게 물었다. 그러나 상해에는 밀정이 득실대는 것을 알고 있는 석영은 여전히 불안했다. 그런데 유자명의 대답은 전혀 딴판이었다.

"규서가 우당 선생님을 밀고했습니다."

유자명은 끝내 말을 하고 말았다.

"지금 밀고라 했느냐?"

"그날 만주로 가신 우당 선생님이 규서와 연충렬의 밀고로 일본 경찰에 붙잡히셨습니다. 그리고 아직 소식이 없는 걸 보면 아마 지금쯤은……."

석영은 아득한 어지러움 속으로 빠져들었다. 천 길 낭떠러지도 아니었다. 노랗게 변해 버린 하늘이 내려와 늙은 몸을 짓눌렀다. 노랗게 변해 버린 하늘 틈새로 성웅 이순신 장군의『난중일기』한 대목이 떠올랐다. 장군이 애지중지 아끼는 부하가 전과를 올리기 위해 제 백성인 사량도 어부의 목을 잘라 조정에 바친 일이 있었는데 장군은 직접 칼을 뽑아 부하의 목을 단칼에 치면서 울었던 기록이었다. 석영은 있는 힘을 다해 눈을 뜨며 입을 열었다.

"밀정이 아직 살아 있다 했느냐?"

"예, 어르신."

장남 규준이 단장으로 활동했고 지금까지 대 주면서 밀어 준 다물단 규율을 석영은 누구보다도 잘 알고 있었다. 그가 누구이든 밀정은 단칼에 치는 것이 다물단의 엄중한 규율이었다.

"너희가 규율을 어겼구나."

"예, 이번만큼은 당장 시행할 수가 없었습니다."

"나에게 묻기로 한 것이냐?"

"예."

"단칼에 치거라!"

"어르신!"

유자명이 비명을 지르듯 울부짖었다. 하나밖에 없는 혈육이니 부디 목숨만은 살려 달라고 애원할 줄 알았던 유자명은 어찌할 바를 몰랐다.

　"어르신, 차라리 규서를 살려 달라고 애원이라도 하십시오! 마지막 혈육이니 부디 살려 달라고 말입니다!"

　유자명이 오히려 애원했지만 석영은 자리에서 일어나 강을 따라 앞만 보고 걸었다. 나이 57세에 규서가 태어났을 때, 나라 잃은 백성을 불쌍히 여겨 하늘과 조상님이 내려 주신 선물이라고 감사하며 만주 그 척박한 땅에서도 그 아이에게만은 쌀밥을 먹여 키웠다. 그런데 어느 날 규서와 같은 해에 태어난 조카 규창이 마당을 파고 있었다. 왜 그러느냐고 물었더니 대답이 황당했다.

　"규서를 묻어 버리려구요."

　규서만 쌀밥을 먹는 게 샘이 나서라고 했다. 그때 여덟 살짜리 어린 조카 규창에게 회초리 스무 대를 때렸다. 돌이켜 생각해 보니 차라리 그때 규창이 말대로 땅속에 묻어 버렸더라면 얼마나 좋았을까 싶었다. 이제 규서마저 죽고 나면 가문의 혈통은 끊어지고 말 것이었다. 영의정 이유원 대감이 이항복 할아버지의 정신을 잇기 위해 자신을 양자로 들였던 혈통이 이제 끝장이 날 것이었다. 그렇더라도, 제 숙부를, 아니 독립운동에 평생을 바친 독립운동가를 밀고한 규서는 용서할 수 없었다. 아우는 일제의 손아귀에서 살아남기를 바라지 않을 것이었다. 조국 앞에 기꺼이 목숨을 바칠 것이었다.

　그날 밤 석영은 꿈을 꾸었다. 아우 회영이 비단옷을 잘 차려입고 석영이 사는 토방(흙으로 지어진 아주 작고 허름한 집)으로 들어서는 것이었다. 아우가 들어서자 방 안이 환해졌다. 회영은 형님 앞에 절을 올렸다.

"우당, 이렇게 잘 차려입다니, 해방이라도 맞이한 게냐?"

"형님을 모시지 못해 죄송합니다. 이번에는 아주 먼 곳으로 가야 합니다. 그래서 형님께 인사드리려고 왔습니다."

"또 가려느냐?"

회영은 방문을 열고 나가 바람처럼 어디론가 사라져 버리고 말았다. 석영은 우당, 우당, 외치다 잠에서 깨었다.

석영의 머릿속에 언젠가 보았던 독립운동가……, 피 흘리며 죽어 있는 독립운동가의 최후가 떠올랐다. 끝까지 조국을 버리지 못한 동지들은 얻어먹다 지쳐 조국을 끌어안고 죽기도 했다. 일제는 독립운동가들이 죽어 있는 것을 발견할 때마다 "대일본제국의 평화를 훼방하는 공산주의자 빨갱이들이 드디어 참회의 뜻에서 스스로 목숨을 끊었다"고 선전했다. 그들은 독립운동가들을 공산주의자, 빨갱이라고 불렀다. 일본 경찰은 마치 죽은 시신을 노리는 매처럼, 동지들이 죽기를 기다렸다가 시신을 이용해 독립운동을 헛된 짓이라고 떠들어댔다. "대일본제국이 하는 일을 방해하는 자들의 마지막이 이런 것"이라면서, 일본을 지지하는 사람들에게 침을 뱉거나 발길질을 하도록 했다.

두어 달 전에도 그런 광경을 목격했다. 부두를 벗어나 강을 끼고 한참을 걸어가면 공원이 나왔다. 일찍이 상해에서 무역을 시작한 영국이 조성했다는 공원은 소나무가 웅장하고 장미꽃이 무척 아름다운 곳이었다. 석영은 종종 그 공원으로 갔다. 그날도 공원을 찾아갔더니 공원 입구 쪽에서 고함소리가 들렸다.

"여기 죽어 있는 조선 독립운동가, 즉 공산주의자는 우리 대일본제국의 평화적 과업을 방해한 자다. 너희들은 이자에게 무슨 짓을 해도 좋다. 짓밟아도 좋고 돌을 던져도 좋고 몽둥이로 머리통을 박살 내도 좋다. 자, 마음껏 해 보라."

소리친 자는 일본 경찰이었다. 그는 눈을 부라리며 둘러선 사람들을 점검하듯 훑었다. 누가 얼마나 잔인하게 시신을 모욕하는지를 살피는 것이었다. 시신은 자는 듯이 누워 있었다. 가슴에 품었던 태극기가 옷 밖으로 밀려 나와 있었다. 태극기를 품고 죽었다면 독립운동가가 틀림없었다. 죽은 자가 품고 있는 태극기를 바라본 사람들은 선뜻 나서지 못했다. 그러다가 일본 경찰의 눈을 의식하면서 누군가 주춤, 주춤, 발길질을 했다. 그것은 주저하는 사람들에게 용기를 주었다. 사람들이 하나둘 따라서 발길질을 하기 시작했다. 나중에는 서로 앞다투어 발길질을 하면서 "빨갱이를 우리가 제대로 죽여 주자!"라고 고함을 질렀다. 그들은 일본에게 충성심을 보여 주기 위해 거칠게 더 거칠게 행동하기 시작했다. 어떤 사람은 돌멩이를 가져오기도 하고 어떤 사람은 일본 경찰이 말한 대로 몽둥이로 인정사정없이 시신을 후려치기도 했다.

죽어 있는 시신에서, 아직 식지 않은 피가 터져 흘렀다. 머리도 박살이 났다. 태극기가 피로 물들었다. 태극 문양이 사라지고 말았지만 모습은 더욱 장렬했다. 시신을 모욕하는 자들, 일본 경찰의 말에 따르는

단칼에 치거라

자들은 한인들 가운데 친일파들이거나 배신자들이었다. 어떤 잔인한 친일파는 세상을 잘못 본 눈을 없애야 한다면서 손가락으로 눈을 파고 어떤 자는 독립운동을 외치고 다닌 못된 입을 찢어 버려야 한다면서 입을 찢었다. 어떤 자는 죽어서도 빨갱이 씨를 퍼뜨리지 못하게 해야 한다면서 바지를 벗겨 내고 중요 부위를 막대로 치기도 했다. 그들은 마치 누가 더 잔인한 용맹을 자랑하는지 경쟁이라도 하는 것 같았다.

그렇게 시신을 가지고 한바탕 난장판을 치고 나자, 일본 경찰이 그 잔인한 사람들에게 시신을 나무에 매달 것을 지시했다. 그들은 다 허물어진 시신을 나무에 걸쳤다. 경찰은 시신을 걸쳐 놓은 나무 아래 "이 자는 대일본제국의 평화적 과업을 방해한 조선인으로 빨갱이 공산주의자다. 자신의 행위를 반성하는 뜻으로 제 몸을 이 지경으로 바수어 죽었다."라고 쓴 표지판을 세웠다.

석영은 일본 경찰보다도 친일자들의 잔악함에 소름이 끼쳤다. 그들은 일제를 하늘처럼 믿고 조국을 스스로 짓밟는 것이었다.

석영은 시신이 걱정이 되어 다음 날 다시 공원으로 갔다. 나무에는 아무것도 없었다. 대신 핏자국만 나무에 그대로 남아 있었다. 나무는 늙은 소나무였고, 두꺼운 나무껍질이 피를 흡수한 채 말라 있었다. 석영은 소나무를 어루만지며 "누구인지는 알 수 없으나 조국은 그대를 기억할 것이오."라고 중얼거렸다. "훗날 우리 후손들이 조국을 모욕한 그들을 심판해 줄 것이니 너무 서러워하지 마시오."라고 위로해 주었다. 석영은 다음 날도 그다음 날도 나무를 찾아가 마치 참배를 하듯 소나무를 쓰다듬어 주었다. 그런데 소나무에 걸쳐져 있던 그 동지가 자

거룩한 길

꾸만 아우 회영과 겹쳤다. 잘 차려입고 꿈에 나타났던 아우의 비단옷
에 피가 흠뻑 젖어든 것이었다.

거룩한 장례

석영이 단칼에 치라고 명령한 대로 규서는 가차 없이 처형되었다. 그리고 시간이 1년이 흘러갔다. 석영은 아우를 직접 눈으로 보지 않고는 눈을 감을 수가 없었다. 석영은 꿈속에서처럼 아우가 어느 날 홀연히 나타나 주기를 바라며 날마다 황포강 수상부두로 나가 아우가 타고 간 여객선 남창호를 기다렸다.

오늘도 석영은 강가로 나왔다. 황포강은 말없이 상해를 가로지르며 유유히 흐르고, 강에서는 여러 가지 배들이 오고 갔다. 유람선은 한가롭게 물결을 타며 강을 돌고, 작은 고깃배들은 고기를 잡으러 어디론가 떠났다. 커다란 상선들과 여객선들은 부두를 향해 들어오기도 하고 부두를 떠나 멀리 사라지기도 했다.

상해와 대련을 오가는 남창호는 언제나 해가 저물 무렵에야 들어왔다. 오늘도 뚜우! 하는 뱃고동 소리가 부두에 울려 퍼지자 마중객들과 짐꾼들이 배가 닿는 곳으로 우르르 모여들었다. 배와 부두를 연결하는 긴 발판을 딛고 사람들이 줄지어 내렸다. 석영은 자리에서 일어나 눈으로 사람들을 살피기 시작한다. 남창호는 상해에서 가장 큰 여객선이고 사흘 간격으로 오는 탓에 승객이 많게는 2백여 명에 이르렀다.

부지런히 사람들을 살피던 석영의 눈이 긴장과 초조로 조여들었다. 승객들 가운데 장교 복장을 한 일본 군인들이 섞여 있었다. 그들은 만주에서 왔을 것이었다. 만주는 이미 일본의 식민지가 되어 버렸고 선통제 부의 황제는 꼭두각시에 불과한 처지였다.

만주에서 독립운동을 하는 동지들은 모두 흩어져 어디론가 피하기에 바빴다. 일본 군인들의 눈빛이 사냥감을 찾는 짐승처럼 번득였다. 상해에 숨어 있는 독립군들을 색출하러 온 모양이었다. 그들이 노인을 유심히 살피며 "조선 독립군 잔당들이 쥐새끼처럼 강가에서 먹을 것을 찾아다닌다는 정보가 있다!"라고 크게 지껄였다. 가슴속이 서늘했다. 다행히 일본 군인들이 그냥 지나갔다. 석영은 몸서리를 치며 조심스럽게 계속 사람들을 살폈다. 석영은 마지막 한 사람까지 살피다가 허탈해지고 말았다. 오늘도 아우는 보이지 않았다.

석영은 사람들이 다 사라질 때까지 차마 자리를 뜨지 못했다. 저녁 노을이 사라질 즈음에야 어쩔 수 없이 발길을 돌렸다. 집으로 가기 전에 싸구려 국숫집이 모여 있는 골목으로 갔다. 석영은 규서가 사라진 후부터 버려진 국수와 비지로 하루하루를 연명하고 있었다. 부둣가에서 가장 구석진 곳에 두붓집을 겸한 국숫집들이 줄지어 있다. 고양이만 한 쥐들이 오락가락하는 골목 식당은 주로 가난한 노동자들이나 떠돌이들이 찾는 곳이다. 골목 맨 끝에 있는 국숫집으로 갔다.

"쯧쯧, 오늘도 안 왔나 보네요."

인정 많은 국숫집 여자가 따로 마련해 놓은 국수 한 사발을 내주면서 가엾다는 듯 혀를 찼다. 석영은 국숫집 여자에게 아우가 남창호를 타고 올 것이라고 했다. 그리고 아우가 올 때까지만 손님들이 남기고 간 국수를 얻어먹게 해 달라고 부탁했다.

따지고 보면 부탁이랄 것도 없다. 손님들이 남기고 간 국수와 비지를 모으는 통을 밖에 내다 놓으면 돼지를 키우는 남자들이 돼지밥으로 거둬 가거나 얻어먹는 사람들이 가져가는 것이었다. 상해 황포강 주변에는 그렇게 얻어먹거나 쓰레기통을 뒤지는 사람들이 많았다. 그런 사람들 가운데 조선 사람들이 꽤 많다는 걸 국숫집 여자는 잘 알고 있었다. 조선 사람들은 일본에게 나라를 빼앗기고 나라를 찾겠다고 수십 년 세월을 보내다가 결국 그런 신세가 되었다는 것도 알고 있었다.

손님들이 먹다 남은 국수와 비지는 내다 놓기가 무섭게 사라졌다. 종종 돼지 키우는 남자들과 쓰레기통을 뒤지는 사람들이 서로 버려진 것을 차지하려고 싸우기도 했다. 돼지 키우는 남자들은 큰 통을 메고 다니면서 단 한 사발이라도 빼앗기지 않으려고 눈에 불을 켰다.

석영도 처음에는 국숫집 여자가 버리려고 내다 놓은 것을 거둬다 먹었다. 그런데 어느 날 한 가지 사건이 국숫집 주인 여자와 노인을 연결시켜 주었다. 얻어먹기 시작한 맨 처음, 그러니까 1년 전 그날도 어둑해진 저녁이었는데 밖이 소란했다. 돼지 키우는 남자가 거칠게 큰 소리를 치고 있었다.

"비켜, 이 노인네야!"

돼지 키우는 남자의 말이 떨어지기가 무섭게 '억' 하는 짧은 비명 소리가 들렸다. 국숫집 여자는 또 돼지 키우는 남자가 행패를 부리는 모양이라고 생각했다. 그렇더라도 바깥일에 신경 쓰지 않았다. 그런 일은 종종 있는 일이었다. 가끔 돼지 키우는 남자에게 그러지 말라고 당부를 해 본 적은 있지만, 함부로 나무랄 수도 없었다. 돼지 키우는 남자들은 성질이 난폭해 황포강 주변 음식점 주인들이 내심 두려워하는 존재였다.

그날 돼지 키우는 남자가 사라진 다음 국숫집 여자는 아무래도 억, 하는 소리가 마음에 걸려 밖으로 나와 살폈다. 짐작했던 대로 피골이 상접한 노인이 음식물 쓰레기통 옆으로 넘어진 채 일어나지 못하고 있었다. 그나마 다치지 않은 것이 다행이었다. 여자는 서둘러 석영에게 다가가 부축해 일으켜 세웠다. 부축을 받고 일어선 석영은 배가 등가죽에 붙을 지경으로 말라 있었다.

"온종일 아무것도 먹지 못했나 보네. 자, 안으로 들어가세요. 따뜻한 국수 한 그릇 말아 드릴 테니."

여자는 석영을 식당 안으로 데리고 들어가 의자에 앉히고, 얼른 국수를 말아 주었다. 석영은 손을 저으며 먹지 않으려고 했다.

"왜요? 배가 고파 금방 죽을 것 같은데."

"손님들이 먹다 남긴 거나 좀 주셨으면 하오. 이건 새로 말아 놓은 국수가 아니오?"

"그래요. 일부러 새로 말았어요. 아무 말 말고 어서 먹기나 하세요. 나도 우리 가게 앞에서 노인네가 굶어 죽었다는 말은 듣기 싫으니까."

"난 돈이 없소. 그러니 손님들이 남긴 거나 좀."

거룩한 장례

"돈 걱정은 마시라니까요."

"그건 안 될 말이오."

"안 되다니요?"

"나는 그저 손님들이 먹다 남긴 것만 먹어도 감사할 따름이오."

"참, 별난 노인을 다 보겠네. 그냥 준다는데 고집을 부리다니. 어차피 말아 놓은 건 먹지 않으면 버리게 돼요."

여자의 말을 듣고 보니 맞는 말이었다. 이미 말아 놓은 국수는 손님에게 팔 수도 없거니와, 누군가 먹지 않으면 쓰레기통에 버릴 수밖에 없을 것이었다.

석영은 하는 수 없이 말아 놓은 국수에 젓가락을 댔다. 여자는 고개를 갸웃거리며 석영을 살펴보았다. 노인은 비록 버려진 것을 먹고 살지만 범상치 않아 보였다. 늙고 초라하지만 눈, 코, 입이 반듯하고 귀품이 있어 보였다. 무엇보다도 말씨가 보기 드물게 격이 높았다. 꼭 옛날 귀족을 대하는 것만 같았다. 여자는 고개를 갸웃거리며 석영에게 넌지시 물었다.

"아무리 봐도 이렇게 사실 분이 아닌 것 같은데, 어쩌다 이런 신세가 되셨소? 혹시 고려인? 일제에게 나라를 빼앗기고 독립운동이라도 하신 게요?"

중국에서는 조선 사람을 고려인이라고 불렀다. 석영은 독립운동이라는 말에 가슴이 아파 대답하지 못했다. 대신 부탁이 있다고 했다.

"저, 미안하오만 이 국수를 내가 좀 가져가도 되겠소?"

석영은 국수를 먹는 둥 마는 둥 하다가 남은 걸 좀 가져가면 안 되겠느냐고 물었다.

"왜요? 뒀다 내일 먹기라도 하게요?"

석영은 대답하지 못한 채 머뭇거리며 제발 가져가게 해 달라고 부탁했다.

"이거 가져가 봐야 내일 못 먹잖아요. 돼지에게나 주면 모를까."

석영은 계속 그렇게 해 달라는 표정을 짓고 있었다.

"알았어요. 이거 다 드시고 내일 다시 오세요. 그때 또 말아 드릴 테니."

"아니오, 이걸 가져가면 되오. 이것도 남길 텐데."

"집에 누가 있어요?"

"그렇다오. 아내가 몸져누워 있으니."

"맙소사, 노인네 혼자 몸도 챙기기 힘들 텐데 병자까지 돌보다니. 알았어요. 이거 다 드시고 나면 한 그릇 더 말아 드릴 테니 어서 드세요."

"그래서는 안 되고, 이걸 가져가면 충분하니 그렇게 해 주시오."

"내가 시킨 대로 하지 않으면 우리 집에 얼씬도 못 하게 할 거예요. 그러니 마저 드시기나 하세요."

석영은 하는 수 없이 국수를 다 먹고 그릇을 비웠다. 주인 여자는 국수 한 그릇을 따로 말아 주었다. 석영은 그때부터 골목 국숫집에서 날마다 국수 한 그릇씩을 얻어 갔다. 그런데 석영이 한사코 새로 말아 놓은 국수는 가져가지 않겠다고 하여 국숫집 주인 여자는 손님이 남긴 것처럼 꾸며 국수를 가져가게 했다.

그렇게 해서라도 목숨을 부지한 것은 아우를 직접 눈으로 보지 않고는 눈을 감을 수가 없는 탓이었다. 또 한 가지는 오늘내일하는 아내를 먼저 보내 주고 떠나고 싶다는 소원 때문이었다.

석영은 오늘도 국숫집 주인 여자가 말아 준 국수를 들고 집으로 돌아왔다. 아내는 백골 같은 몸으로 죽은 듯이 누워 있었다. 아내를 부축해 일으켜 아내의 입에 국수를 흘려 넣어 주었다. 아내는 국숫발을 있는 힘을 다해 어렵게 삼켰다. 국수를 삼킬 때마다 눈꼬리를 따라 눈물이 흘러내렸다.

나라를 일본에게 빼앗기고 조국을 떠나기 전까지만 해도 서울 정동 아흔아홉 칸 집, 대궐 같은 저택에서 하인들이 차려준 9첩 반상을 받던 아내였다. 12첩짜리 임금님 밥상 다음가는 아홉 가지 반찬이 놓인 정1품 밥상을 받던 아내였다. 그런 아내는 지금 예전의 9첩반상보다 더 귀하게 국수를 받아먹었다. 그렇게 국수 몇 가닥을 받아먹는 아내는 점점 죽음을 향해 가는 것이 보였다. 국수를 받아먹을 때만 잠깐 눈을 떴다가 곧 눈이 감겨 버렸다.

아우는 좀처럼 오지 않았다. 아니 올 수가 없었다. 아우가 돌아올 수 없다는 것을 뻔히 알면서도 석영은 다시 남창호가 들어오는 날이면 어김없이 부두로 나가 지정석 같은 자리에 앉아 강을 바라보았다.

오늘도 해가 질 무렵이 되자 어김없이 남창호가 들어왔다. 석영은 늘 하는 대로 자리에서 벌떡 일어나 발판을 딛고 내려오는 사람들을 살폈다. 사람들이 거의 다 내려왔을 때 석영은 몸을 움찔했다. 깊고 우중충한 중국식 모자를 깊숙이 눌러쓰고 작은 보퉁이를 든 남자에게 시선이 갔다. 석영은 남자를 조금 더 자세히 보기 위해 신경을 모았다.

　남자는 배와 부두를 연결하는 발판을 내려와 어디론가 향했다. 남자는 상해에 처음 왔는지 주변을 두리번거리며 낯설어했다. 남자는 뚜벅뚜벅 걷다가 사람들을 붙잡고 길을 묻기도 했다. 그러더니 고개를 들어 하늘을 우러르며 깊은 한숨을 퍼내는 것이었다. 남자는 다시 부둣가에 우두커니 서서 강을 바라보며 무슨 생각에 잠긴 듯했다. 그리고 우는지 손으로 눈물을 닦았다. 석영은 직감적으로 저건 독립운동가가 틀림없다는 생각이 들었다. 그래서 더 자세히 바라보던 석영이 깜짝 놀랐다. 그때 남자가 자리에서 일어나 어디론가 가려고 했다. 석영은 급히 남자 곁으로 다가갔다.

　"저, 잠시만."

　남자가 걸음을 멈추었다.

　"혹시 박경만?"

　남자가 모자를 벗고 석영을 쳐다봤다.

　"경만이 틀림없지?"

　경만이 틀림없다는 확신이 든 석영은 몸을 떨었다. 남자는 장승이 된 채 석영을 살피더니 땅바닥에 털썩 주저앉으며 울음을 터트렸다.

　"어르신!"

　헤어진 지 10년 만이었다. 천진에서 금을 감춰 두고 떠나 버렸을 때 30대 중반이었으니 지금은 40대 중반이 됐을 것이었다. 몰라볼 지경으로 변해 버린 모습이었다. 석영의 얼굴에 놀람과 슬픔이 어우러졌다.

거룩한 장례

놀라고 슬픈 건 경만이 더했다. 석영은 박경만이 기억하고 있는 가장 귀족다웠던 옛 주인의 모습이 아니었다. 오직 눈빛만 살아 있을 뿐, 남루한 중국 옷 차림에 뼈와 가죽만 남은 석영은 중국 빈민가에서 흔히 보는 초라한 노인일 뿐이었다.

"이놈을 알아보시다니요."

"30년이 넘도록 한솥밥을 먹고 살았는데 몰라볼 수 있겠느냐."

"제가 몹쓸 놈입니다. 주제넘게 그런 짓을 했으니."

"아니다. 자네 속을 내가 왜 모르겠느냐."

"그래도 그러는 게 아니었습니다."

"그건 그렇고 지금까지 어디에 있었느냐?"

그때 금을 아궁이에 감춰 버리고 석영의 집을 나온 경만은 고국으로 가지 않고 삼원포 유하로 갔다. 거기에는 망명 초기부터 함께했던 경북 지역 대표 석주 이상룡이 있었다. 경만은 일단 유하에 머물면서 장차 일을 생각하기로 하는데 이상룡이 경만을 붙들었다.

"경만이 자네는 사서삼경을 읽었고, 영석 어르신의 재산 관리를 했던 사람이니 이곳 학교 행정 일을 맡으면 어떻겠나."

통화현, 유하현, 환인현 등에 세운 8개 학교는 10년 동안 학교가 학교를 낳으면서 30여 개 가까이 늘어나 있었다. 학교 이름도 바뀌고 규모도 커져서 전혀 딴판이었다. 그 가운데 가장 발전한 학교는 환인현의 동창학교와 매하구시에 있는 중심학교(지금의 완전중학교)였다. 경만은 추가마을에 있을 때 석영이 준 자금을 챙겨 들고 회영을 따라 학교를 세울 건물을 사러 다녔으므로 느낌이 새로웠다. 그리고 학교 일을 보는 것은 좋아하는 일이기도 했다. 그래서 8년 동안 학교 일을 보던 중 아버지가 돌아가셨다는 편지를 받고 서울로 갔지만 그는 이미 일본의 감시망에 든 인물이 되어 있었다. 그래서 다시 중국으로 건너와 석영을 찾으려고 천진과 북경을 헤매다가 마지막으로 상해로 온 것이었다.

"내 생전에 못 만날 줄 알았는데, 꿈만 같구나."

"어르신을 찾으려고 천진으로 갔더니 북경 우당 선생님 댁으로 가셨다고 하여 북경으로 갔는데 찾을 길이 없었습니다. 우당 선생님께서 이사를 워낙 많이 다니신 탓에 북경에서 서너 달을 헤맸지만 허사였습니다. 누가 상해로 가 보라 해서, 마지막 희망을 걸고 왔는데 이렇게 뵙게 되었군요."

석영은 경만을 토방으로 이끌었다. 경만은 정작 토방을 보자 넋을 잃었다. 방 안에는 그 고귀하던 안방마님이 버려진 송장처럼 누워 있고, 윗목에는 가오실에서 모시던 조상님들의 위패가 초라하게 놓여 있었다.

"아, 이럴 수가!"

경만의 입에서 탄식이 터져 나왔다. 경만은 영의정 이유원 대감 위패 앞에 엎드려 절을 올리고는 가슴을 치며 울부짖었다.

"해도 해도, 어찌 이 지경까지 되셨단 말씀입니까. 그 많은 재산 다 털어 바친 대가가 이거라니요. 이래도 아직 어르신께서는 조국이 있다고 믿으십니까? 도대체 조국이 어디에 있습니까?"

거룩한 장례

경만은 울면서 허공을 향해 원망을 쏟아냈다. 누군가를 향해 울분을 참지 못해 한참을 소리쳐 울다가 집 밖으로 뛰쳐나가 버리고 말았다.

석영은 경만을 붙잡지 않았다. 대신 그가 쏟아 낸 말을 생각했다. 경만의 말대로 조국은 어디에도 없었다. 조국이 살아 있다고 믿는 사람도 없었다. 그럴수록 석영은 서럽고 애통한 조국을 끌어안았다. 가슴 깊숙이 조국을 끌어안고 도대체 조국이 어디 있느냐고 항의한 경만을 향해 조국은 내 가슴속에 고스란히 살아 있노라고 대답했다. 날마다 조국의 심장 뛰는 소리가 쿵쿵 들리노라고 대답했다.

며칠 뒤 석영은 다시 황포강 수상부두로 나갔다. 부둣가를 걷던 그의 걸음은 부지불식간에 공원으로 향했다. 걸으면서 꿈속에서 만난 아우를 생각했다. "아우를 끝내 못 본단 말인가."라고 헛소리를 하듯 중얼거리며 그 소나무가 있는 곳으로 갔다. 아직도 소나무 껍질 속에 핏자국이 남아 있는 소나무를 조국을 위로하듯 쓰다듬고 또 쓰다듬었다. 일찍이 모두 포기해 버린 나라, 애초에 나라를 좌지우지하는 그들로부터 버림받은 조국은 지금도 길 잃은 아이처럼 어디선가 길을 찾아 헤매고 있을 것이었다. 경만이 울며 원망하듯 저를 버린 제 민족을 원망하고 있을 것이었다.

석영은 가엾은 조국을 생각하며 피 묻은 소나무를 지그시 안아 보았다. 아우를 안아 보는 것만 같았다. 그날 만신창이가 되어 죽어 가던 애국자가 또다시 아우로 보였다.

"아우야, 내 너를 무던히도 아꼈느니라. 아우가 하는 일은 언제나 의롭고 옳았기에, 내 너를 하늘인 듯 받들었더니라."

석영은 결국 참았던 슬픔이 터지고 말았다. 어려서부터 회영을 유난히도 아끼고 사랑했던 기억을 더듬으며 소나무를 쓸어안고 목놓아 울었다.

그렇게 통곡하다 공원을 나온 석영은 그냥 집으로 향했다. 며칠 전부터 국숫집에 가지 않았다. 국숫집에 갈 힘이 사라지고 말았다. 아내에게 물만 먹였다. 계속 물만 먹이자 소원대로 아내가 먼저 죽었다. 석영은 자리 밑에 넣어 둔 돈 10원을 꺼냈다. 쌀 두 말 값이었다. 아우가 만주로 가면서 "형님, 굶지 말고 꼭 쌀 사서 진지 지어 드셔야 합니다."라고 당부했지만 단 한 푼도 쓸 수가 없었다. 그 돈으로 아내를 감싸 줄 면포를 사다가 장사 지내 주었다.

아내를 장사 지낸 석영은 윗목에 모셔 놓은 양아버지와 조상님들 위패 앞에 절을 올린 다음 가부좌를 틀고 앉아 눈을 감았다. 그렇게 하루가 가고 이틀이 갔다. "나라를 위해 모든 것을 바치라"고 했던 양아버지 이유원의 당부가 떠올랐다. 그건 백사 이항복 할아버지를 생각하라는 부탁이었다. 백사 할아버지가 노구를 이끌고 엄동설한에 유배지로 떠나면서 눈물을 뿌리며 마지막 철령위를 넘었던 일과 나라를 찾기 위해 형제들과 엄동설한 만주 벌판을 달렸던 일이 함께 어우러졌다. 조국은 가문의 모든 것을 바치라고 요구하고 있었다.

그쯤에서 의식이 가물가물해져 가기 시작했다. 석영은 가슴속을 더듬었다. 평소 품고 있던 태극기를 마지막 힘을 다해 가슴속 깊숙이 끌어안았다.

　그렇게 며칠이 지났을까, 울며 토방을 뛰쳐나갔던 경만이 다시 돌아왔다. 경만은 곧 허물어질 것 같은 토방에서 간신히 우거하고 있는 석영을 보자 울분을 참지 못해 뛰쳐나가 임시정부를 찾아 헤맸다. 나라를 위해 모든 것을 바친 어른을 이렇게 버려 두어도 되느냐고 항의할 생각이었다. 그런데 임시정부는 윤봉길 홍구공원 폭파 사건으로 일본의 검거를 피해 어디론가 피하고 없었다. 그래서 한인 단체를 찾아 헤매다가 한인 단체 간부인 이용노를 만났다. 밀정 이용노는 "아직도 독립운동 죽창가를 부르고 있느냐"면서 오히려 경만을 비웃었다. 이용노는 옥관빈과 함께 내놓고 일본 앞잡이 노릇을 하면서 규서를 꾀어 회영을 밀고한 자라는 걸 경만은 아직 모르고 있었다. 경만은 분이 풀리지 않아 한인들이 사는 곳마다 찾아다니며 분풀이를 하다가 다시 돌아온 것이었다.

　석영은 가부좌를 튼 채 미동이 없었다. 놀란 경만이 정신없이 흔들어 깨웠다.

　"어르신!"

　꼼짝하지 않던 석영이 기사회생을 하듯 마지막 말문을 열었다.

　"경만이 와 주었구나."

　"예, 어르신."

　"내가 죽거든 아무에게도 알리지 말거라."

　석영은 짧은 유언을 남기고는 쓰러졌다. 그리고 더 이상 숨을 쉬지

　　　　　　　　　　　　　　　　　　　　　　　거룩한 길

않았다.

경만은 석영의 유언을 지키기로 했다. 혼자 장례 준비를 했다. 상해에서 제일 좋은 관을 사고, 명정을 쓸 붉은 비단을 사고, 쌀과 향을 샀다. 혼자 입관을 한 다음 향을 피우고 쌀밥을 지어 올렸다. 오랜만에 쌀밥 향기가 방 안에 퍼졌다.

"대감마님, 옛날에 아흔아홉 칸 집에서 날마다 드셨던 쌀밥이었는데……, 이제라도 많이 드셔요."

경만은 호칭을 예전의 대감마님으로 바꾸어 불렀다. 옛날처럼 고귀한 대감마님으로 모시기로 한 것이다. 찾아올 사람 하나 없지만 5일장을 치르기로 했다. 그동안이라도 부지런히 쌀밥을 지어 올리고 싶은 탓이었다. 경만은 5일 동안 끼니때마다 새로 쌀밥을 지어 올리며 울었다. 그동안 모시지 못한 것을 한탄하며 토방이 허물어지도록 울었다.

1934년 1월 4일, 석영이 토방을 떠나는 날이 왔다. 아침부터 함박눈이 내렸다. 경만은 가장 좋은 마차를 빌려 관을 모셨다. 관 위에는 석영의 품에서 꺼낸 태극기를 덮었다. 그리고 붉은 비단에 "경주 이씨 백사공파 이항복의 9대손, 영의정 이유원의 아들 이석영 애국지사 순국"이라고 써서 마차에 꽂았다. 마차가 덜컹거리며 상해 홍차오루 공동묘지를 향해 길을 잡았다. 앞뒤로 단 한 사람도 따르지 않는 마차는 드넓은 허공을 거느린 채 뚜벅뚜벅 묘지를 향해 걸었다.

함박눈이 세상을 하얗게 덮었다. 눈이 관을 소복소복 덮으며 꽃을 피웠다. 관을 끄는 말도 하얗게 변했다. 백마가 된 말은 석영이 젊어서 타던 애마 유휘와 흡사했다.

거룩한 장례

"대감마님, 유휘가 왔나 봅니다. 대감마님을 모시라고 아마도 영의 정 대감마님께서 보내 주셨겠지요."

경만이 울며 말을 몰았다. 말은 묵묵히 걷고, 갈수록 눈이 더 내렸다. 그런데 갑자기 말이 우뚝 걸음을 멈추었다. 경만이 아무리 재촉을 해도 꼼짝하지 않았다.

"대감마님, 아직도 조국을 못 잊어 그러시지요?"

말은 고개를 숙인 채 움직이지 않았다.

"대감마님, 조국을 이대로 두고는 못 가시겠지요? 죽어도 못 가시겠지요?"

말은 계속 움직이지 않았다. 경만은 그만 큰 소리로 외치며 울분을 토하고 말았다.

"해마다 벼 4만 가마니를 거두는 양주 들녘 다 바치고 자식들까지 다 바치셨으면 됐잖아요. 대감마님 목숨까지 바치셨으면 됐잖아요. 이젠 바칠 게 아무것도 없는데, 도대체 무얼 더 바치시려구요!"

그래도 말은 움직이지 않았다. 눈만 하염없이 내려 쌓였다. 경만은 하늘을 향해 펑펑 울다가 다시 소리쳤다.

"예! 알겠습니다. 이놈도 목숨 바쳐 나라를 찾겠다고 약속하겠습니다. 이제 되셨는지요?"

비로소 말이 움직였다. 함박눈이 내리는 하얀 길을 따라 백마 유휘가 세상에서 가장 거룩한 장례를 이끌며 세상에서 가장 초라한 공동묘지를 향해 유유히 사라져 가고 있었다.

에필로그

    토방이 허물어지도록 우는 경만의 머릿속에 이완용의 화려한 장례가 떠올랐다. 아버지의 부고를 받고 서울에 갔을 때, 때마침 서울에서는 조선 천하, 세계 천하에서 가장 장엄한 장례가 거행되고 있었다.

    1926년 2월 18일, 쌀쌀한 바람 속에 이완용의 관을 실은 일본식 쌍두마차가 그의 집을 벗어났다. 행렬은 붉은 비단에 '조선총독부 중추원 부의장 정2위 대훈위후작 이공지구'라고 쓴 긴 명정을 휘날리며 용산역 영결식장으로 향했다. 마차를 중심으로 행렬 맨 선봉에는 일본 순사들이, 뒤에서는 의장병들이 엄숙하게 호위를 하며 따랐다. 그 뒤로는 장례를 마친 다음 신주를 모실 작은 가마 소교와 그의 혼을 담을 혼여가 따르고, 이어서 곡비(哭婢)가 창자가 끊어질 듯 곡을 하며 따랐다. 그 뒤를 이어 일본 천황과 황족들이 보내온 조화 행렬과 순종과 이왕가 왕족들이 보내온 조화 행렬이 이어졌다. 그다음은 훈장의 대열, 즉 대한제국 황실이 수여했던 훈1등 이화대수장과 대훈금척대수장, 일본 천황이 내린 욱일동화장과 대훈위국화대수장을 든 행렬이 따라

갔다.

　그리고 말을 탄 기마 순사들의 호위 아래 이완용의 시신을 실은 마차가 천천히 움직였다. 마차 뒤로는 유족들이 따르고, 유족들 뒤로는 조객들이 탄 수많은 인력거 행렬이 일렬종대로 줄을 이었다. 아, 그리고 조선팔도 전 현직 관리들과 일본 고관대작들이 각각 인력거를 타고 광화문통을 가득 메웠다. 이 엄숙한 장례 행렬은 10리 길로 이어지면서 강물처럼 흘렀다. 길가에는 동원된 조선 학생들과 구경 나온 조선 사람들로 인산인해를 이루었다. 곡비는 쉬지 않고 곡을 하고 사람들은 곡비처럼 흐느껴 울며 이완용을 보내고 있었다.

　나라를 일본에게 넘겨준 이완용의 장례는 고종 황제의 장례보다 화려했다. 조선 5백 년 유사 이래, 아니 삼한 이래 가장 화려하고 가장 엄숙하고 가장 장엄한 장례였다. 이완용은 그렇게 화려한 호사를 누리며 용산역으로 가고 있었다. 용산역에서 특별 열차가 이완용 시신을 태우고 조선 최고의 명당자리, 전북 익산군 낭산면 낭산리로 가기 위해 기다리고 있었다.

　　　　　　　　　　　　　　　　　　　　　　　　　거룩한 길

작가의 말

유골마저도 망명지 허공에 흩어 버린 이석영, 감히 붓으로도 혀끝으로도 형용할 수조차 없도록 그의 순국은 너무나 비참했다. 그는 조국을 위하여 혈육 한 점, 뼈 한 조각 남김없이 철저히 산화하고 말았다. 이만 석 재산을 소진하고도 모자라 자식까지 모두 바쳐 버린 그는 옷 한 벌, 신발 한 짝, 사진 한 장 남기지 않았다. 무덤조차도 남기지 않았다.

그러나 그를 위해 울어 주는 이 없었고, 기억해 주는 이도 없었다. 해방의 만세 소리가 산천을 흔들고 애국지사들이 앞다투어 조국의 품으로 돌아올 때도, 그 후 무수한 세월이 흐르고 또 흘렀을 때도 그를 말하는 사람이 없었다.

일제강점기라는 참담한 역사를 안고 있는 우리나라에는 수많은 독립운동가들의 비극이 있지만 이보다 더 비극적일 수는 없다. 그는 긴긴 세월, 기약 없는 세월을 이름도 얼굴도 없는 익명으로 일관하면서 내가 누구라는 것을 말하지 않았고, 내가 무엇을 어떻게 했다는 것도 말하지 않았다.

독립운동을 하는 데에는 다양한 방법이 있었다. 방법과 수단을 가리지 않았다(물론 외국에서 박사학위까지 따 가면서 비교적 안정적인 환경에서 독립운동을 하는 사람도 있었다). 그 가운데 가장 대표적인 것은 무장 투쟁을 전개한 독립군(광복군)이다. 다음으로 국내와 일본을 오가며 요인 암살, 중요 기관 폭파를 담당한 의열단과 밀정을 암살하는 다물단의 활동을 들 수 있다. 독립군은 말 그대로 일본군과 총칼로 싸우는 전투군이었다. 의열단은 의로운 일에 모든 것을 바치는 단체라는 의미로 일본의 기관에 폭탄을 투척하거나 요인을 저격하고 자신은 자결하는 투쟁 방법을 택했다. 다물단은 고구려 때 고구려 옛 영토를 회복한 것을 '다물(多勿)'이라고 명명한 것에서 딴 이름으로 처처에서 소규모 단체가 모여 밀정을 찾아내어 처결했다. 또는 안중근, 윤봉길, 나석주, 이봉창 의사처럼 개인으로서 적을 저격하거나 일제의 중요 기관에 폭탄을 투척하는 활동이 있다. 어떤 방법이든 문제는 자금이었고 자금 조달은 가장 중요한 독립운동의 원동력이었다. 그러므로 재산을 바쳐 독립운동을 한 부자들에게는 노블레스 오블리주라는 고귀한 명예와 함께 존경을 보낸다.

나는 2011년 노블레스 오블리주를 실현한 독립운동가 우당 이회영을 그린 소설『백 년 동안의 침묵』을 썼다. 그리고 2020년에 우당 선생의 형님 이석영의 독립운동사를 그린 소설『순국』(상, 하)를 썼다. 그리고 이번에 쓴『거룩한 길』은 두 권짜리로 된『순국』을 5분의 1로 줄인 작품이다. 초중고생들부터 누구에게나 쉽게 읽히기 위해서이다.

오늘날, 이회영으로 대표되는 6형제는 한국 제일의 노블레스 오블리주를 실현한 독립운동가들로 널리 알려져 있다. 그리고 이회영은 우리 국민들에게 매우 익숙한 이름으로 각인되어 있다. 대략 정리하면 우당 이회영은 20대 청년 시절부터 관직 진출을 포기하고 을미사변부터 을사늑약을 거치는 격동의 시기 동안 뜻이 맞는 동지들과 항일운동을 이끌면서 언제나 자금을 담당했다. 그러나 젊은 이회영은 그렇게 큰 부자도 아니었고 나라의 녹을 받는 관료도 아니었다. 모든 자금은 그의 둘째 형님 이석영이 맡아 주었다. 이회영이 항일운동 자금을 마련하기 위해 인삼밭을 경영하고, 삼림을 조성하고, 제재소를 운영한 것이나, 또한 민족 교육을 위해 신학문 학교인 상동학원을 운영한 것이나 전국에서 찾아오는 동지들을 규합하는 것, 각처에서 항일투쟁을 하는 동지들을 이끄는 것 모두, 이석영의 재산이 자금줄이었다.

그러므로 이 두 사람은 분리할 수가 없다. 두 사람은 실과 바늘이라고 할 수 있다. 이회영을 조명한 소설 『백 년 동안의 침묵』에서도 이석영을 떼어 놓을 수가 없었듯이 이석영을 조명한 『순국』과 『거룩한 길』에서도 이회영을 떼어 놓고는 이야기를 전개할 수가 없었다.

작품에서 이야기한 대로 이석영이 부자인 것은 조선의 다섯 번째 부자 영의정 이유원(李裕元, 1814~1888)의 양자가 되어 재산을 상속받았기 때문이다. 이석영은 영의정 이유원의 후계자로서 세상의 부러움을 한몸에 받은 인물이었고, 대대로 정승을 이어 온 삼한갑족 세신 가문의 후계자답게 벼슬도 승승장구하여 곧 정2품 정승 반열에 오를 위치에 있었다.

그렇기 때문에 이석영과 이회영은 한 형제로 태어났으면서도 각각 영의정 가문과 판서(석영과 회영의 부친 이유승이 당시 이조판서였다) 가문으로 나뉘어 있었다. 따라서 이 두 가문이 망명을 결행한 것은 왕의 언행에 버금가는 영향력을 발휘했다. 그들의 망명은 당시 애국지사들에게 독립운동에 대한 용기와 희망을 갖게 했고 많은 애국자들에게 망명을 결단하게 만들었다. 뿐만 아니라 만주에 무관학교를 세워 독립군을 길러 낸다는 계획은 마치 봉화를 올린 횃불처럼 애국지사들의 가슴에 독립 의지를 불타오르게 했다.

이석영은 만주 서간도에 독립군 군사 기지인 신흥무관학교를 설립하고 한인촌을 건설했을 뿐만 아니라 길림성 처처에 우리 교민의 자녀들을 위해 학교를 세웠다. 이에 대하여 아직도 발굴해야 할 무궁무진한 진실이 숨어 있다고 조선족 교육자 김홍범(중국 매하구시 조선민족교육사) 총재와 조선족 민족사회학회 조문기 부이사장이 증언한 바 있다.

어느 시대이든 나라가 절체절명의 위기에 처했을 때는 고위층들에게 엄중한 선택이 요구되게 마련이다. 그리고 이석영과 이회영, 그들 6형제의 망명은 실로 엄중한 선택이었다. 그것은 곧 백사 이항복의 정신, 가문 정신을 실현하는 일이었는데 그 결과 이회영은 여순 감옥에서 고문을 당해 순국했고 이석영은 굶어서 순국했다.

도대체 조국이 뭐길래, 그들은 끝까지 그토록 처절하게 살아야만 했을까. 지금도 더러 독립운동이 해방을 가져다준 것이 아니라 2차 세계대전이 가져다준 선물이었다고 말하는 사람이 있는 것처럼, 1930년대로 접어들면서 일제가 영원할 것이라는 믿음이 굳어졌고, 계속 독립운동을 한다는 것은 무모한 짓으로 간주되었다. 전망이 보이지 않는 독립운동에 수많은 독립운동가들이 중도에서 포기하고 말았다. 그들은 독립운동만 포기한 게 아니라 앞날을 위해 친일파로 돌아섰다.

그런 상황에서 끝까지 나라를 포기하지 못한 채 망명자로 남아 독립운동가로 일관한다는 것은 아무나 할 수 있는 일이 아니었다(그래서 더욱 그

거룩한 길

들은 빛나야 한다). 독립운동의 본질은 바로 여기에 있다. 여기에서 독립운동의 본질이 갈린다. 당장 일제를 몰아내고 해방을 쟁취하지 못한다 하더라도, 해방의 날이 묘연할수록 끝까지 조국을 버리지 않는 것이 진정한 애국이기 때문이다.

따라서 음식점에서 두부를 만들고 남은 찌꺼기 콩비지를 얻어먹으면서도 끝까지 조국을 끌어안고 견디다 죽어 간 이석영 선생이야말로 독립운동의 본질을 보여 준 분이다. 또한 선생은 니체가 말한 대로 "살고 있는 이유를 아는 자는 삶을 견디어 나갈 수 있다"는 것을 보여주었다.

생각할수록 가슴 아픈 것은 79세의 고령까지 무서운 고통을 인내하면서 조국을 위해 모든 것을 다 바쳤음에도 그의 무덤조차 찾을 수 없다는 사실이다. 대한민국 현충원에는 수많은 애국지사들이 잠들어 있지만 그의 묘는 없다. 다만 서울 현충원 현충탑 지하의 무후선열(無後先烈, 대를 이을 자손이 없는 선열) 영전에 기록으로 남아 있을 뿐이다. 그러므로 이석영은 더욱더 거룩한 순국을 한 것이다.

그나마 다행이라고 해야 할까, 나라로부터 1968년 대통령 표장과 1991년 건국훈장 애국장이 추서되었다. 그러나 이것이 그 엄청난 희생에 대한 합당한 예우가 될 수는 없다. 그의 희생은 훈장으로는 대체할 수 없는 것이기 때문이다. 그러니까 그분의 조국에 대한 신념을 제대로 이해하고 기억하는 것이야말로 그분에 대한 진정한 예우가 될 것이다. 그는 만대에 빛나야 하기 때문이다.

2024년 4월
해운대 장산 아래 집필실에서
박 정 선

이석영 가문의 계보

■ 이석영의 조상들은 조선 시대 10명의 영의정 및 준영의정을 배출했다. 이 가문을 일러 비로소 삼한갑족이라 부른다.

1대 영의정 : 이항복(1556~1618 : 명종 11~광해 10)

호는 백사, 필운. 고려 후기 대학자 익재 이제현의 방계 후손이며, 참찬공 몽량의 아들로 태어났다. 선조 21년 33세에 이조정랑에 임명되어 호조참의, 승지를 거쳐 벼슬길이 승승장구한다. 선조 27년 임진왜란 중에 병조판서, 선조 28년에 이조판서, 선조 29년에 우참찬, 선조 29년에 다시 병조판서, 선조 30년 1월 병조판서, 선조 31년 9월 병조판서를 지냈다. 선조 31년에 우의정, 선조 32년에 좌의정, 선조 33년에 다시 우의정을 지내고, 선조 33년 6월 45세에 영의정에 올랐다. 선조가 죽고, 광해 9년 12월 인목대비 폐비 폐모의 부당함을 상소했다. 이때 모든 신하가 광해를 무서워하여 입도 벙긋 못 하는 상황에 이항복은 나라의 원로 대신으로서 목숨을 내놓고 "계모도 어머니인데 어머니를 내침은 패륜"이라고 왕을 꾸짖었다. 광해는 유배를 내리고, 이항복은 63세 나이에 또 앉은뱅이라고 부를 정도로 걸음을 걷지 못하는 몸으로 12월 17일 엄동설한에 유배지를 향해 철령위를 넘었다. 그리고 5개월 뒤 광해 10년에 유배지 북청에서 사망했다.

2대 : 이세필(1642~1718 : 인조 20~숙종 44)

호는 구천. 이항복의 증손, 이조참판 이시술의 아들. 사후에 영의정으로 추증.

3대 : 이세구(1646~1700 : 인조 24~숙종 26)

호는 양와. 이항복의 증손이며 목사 이시현 아들. 사후에 영의정으로 추증.

4대 : 이태좌(1660~1739 : 현종 1~영조 15)

호는 아곡. 이항복의 5세손, 영의정 이세필의 아들. 영의정을 지냈다.

5대 : 이종악(1668~1732 : 현종 9~영조 8)

호는 입향. 이항복의 5세손, 좌찬성 오릉군 이문우의 아들. 사후에 영의정으로 추증.

6대 : 이광좌(1674~1740 : 현종 15~영조 16)

호는 운곡. 이항복의 5세손, 이세구의 아들. 영의정을 지냈다.

이석영 가문의 계보

7대 : 이종성(1692~1759 : 숙종 18~영조 35)

호는 오천. 이항복의 6세손, 이태좌의 아들. 영의정을 지냈다.

8대 : 이경일(1734~1820 : 영조 10~순조 20)

호는 청헌. 이항복의 6세손, 이종악의 아들. 좌의정을 지냈다. 사후에 영의정 추증.

9대 : 이계조(1793~1820 : 정조 17~철종 7)

호는 동천. 이항복의 7세손, 이조판서 이석규의 아들. 사후에 영의정으로 추증.

10대 : 이유원(1814~1888 : 순조 14~고종 25)

호는 귤산. 이항복의 9세손이며 이조판서 이계조의 아들. 영의정을 지냈다.

11대 : 이석영(1855~1934 : 철종 6~일제강점기)

호는 영석. 이항복의 10세손, 영의정 이유원의 양자. 상해에서 순국했다. 이석영에게 아들 두 명이 있었으나 둘 다 후사를 남기지 못한 채 20대에 죽어 이유원의 계보는 이석영에서 끊어졌다. 다만 최근(2021년 7월) 이석영의 장남 이규준의 외손녀 두 명이 살아 있음이 언론에 보도되었다.

거룩한 길

귤산 이유원 연보

■ 조선 말기 영의정 이유원(1814~1888)은 조선 후기 대학자로서 학문이 뛰어난 정치가로 유명하다. 그는 왕을 모시고 나라를 이끄는 정치인으로서 헌종, 철종, 고종 등 3대 왕들을 거치면서 국가의 중대사를 도맡았다. 이유원은 이항복의 9세손이며 1814년 이조판서를 지낸 이계조의 아들로 태어났다. 그는 고종이 대원군에게서 벗어나 직접 정치를 시작할 때 영의정이 된 인물이다. 고종과 함께 세상을 개화시키려고 노력했으나 대원군과 수구파들의 반대에 부딪쳐 뜻을 이루지 못했다. 아래 이력은 대략 정리한 것임을 밝힌다. 그의 관직 생활은 헌종 7년(1841)부터 시작되었다.

1841년(27세) 과거에 급제(정시 문과)하여 예문관 검열, 규장각 대교 등을 거쳤다.

1845년(31세) 동지사(해마다 동짓달에 중국으로 보내는 사신) 서장관(사신을 수행하여 기록을 맡는 직책)으로 청나라에 다녀온 후 빠르게 승진했다.

1846년(32세) 의주부윤으로 승진. 이후 이조참의, 전라도 관찰사, 성균관 대사

성을 거치면서 헌종 시대를 마감했다.

1855년(41세) 이조참판, 사헌부 대사헌, 규장각 직제학을 지냈다.

1859년(45세) 형조판서, 의정부 참찬, 한성판윤, 예조판서, 공조판서, 황해도 관찰사, 함경도 관찰사를 지냈다.

1861년(47세) 좌의정에 올랐다.

1863년(49세) 12월 고종이 어린 나이에 왕위에 오르면서 대원군이 실권을 쥐자, 이유원은 쇄국정책을 단행하는 대원군과 반대편에 선다. 그 대가로 좌의정에서 밀려나 수원유수가 되었다가, 중추부영사에 임명되어 돌아와 정치와 멀리 떨어져 있는 『대전회통』 편찬을 맡게 된다. 대원군이 집권하는 동안 주로 양주 별가 가오실에서 꽃과 나무를 가꾸며 책을 쓰는 데 집중했다.

1873년(59세) 고종의 나이 20세가 되자 직접 왕이 정치를 해야 한다는 젊은 유생들의 상소에 못 이겨 대원군이 물러나고, 고종이 이유원을 영의정에 임명하여 조정으로 불러들였다.

1875년(61세) 세자 책봉 임무를 띠고 청나라에 가 이홍장을 만났다.

1876년(62세) 일본의 강압에 밀려 왕명을 받아 김홍집과 함께 강화도조약을 체결했다.

1879년(65세) 청나라 이홍장으로부터 영국, 프랑스, 독일, 미국과 통상을 맺어 일본과 러시아를 견제해야 한다는 편지를 받고 국가의 문을 열려고 노력하다가 대원군의 반대로 뜻을 이루지 못했다. 대원군에게 미움을 사, 지방으로 쫓겨나기도 하고 귀양을 가기도 했다.

1881년(67세) 대원군 쪽 사람 손영로의 상소로 사직서를 냈다.

1882년(68세) 봉조하(벼슬에서 물러났으나 그 품계에 해당하는 예우를 받는 신분)로 있으면서 왕명을 받아 일본 공사 하나부사와 제물포조약을 체결했다.

1885년(71세) 이석영을 양자로 삼게 해 달라고 왕에게 상소를 올렸다.

거룩한 길

1888년(74세) 이석영을 양자로 삼은 지 2년 7개월 만에 이유원은 74세를 일기로 사망한다. 1910년 나라를 잃고 중국으로 망명한 이석영은 두 아들이 모두 후사를 남기지 못한 채 젊은 나이에 죽었으므로 영의정 이유원의 혈통은 이석영에서 끝나고 말았다.

■ 이유원은 평생 시를 짓고 글쓰기를 즐겨 많은 책을 남겼다. 글씨는 추사 김정희에게 배웠으며 특히 예서에 뛰어나 이름을 떨쳤다. 지은 책은 『금석록』, 『임하필기』, 『가오고략』, 『귤산문고』 외 다수가 있다. 지방 관리 생활을 하면서 보고 느낀 것들을 쓰기도 하고, 시집을 비롯하여 역사, 경제, 중국과 조선의 차이점, 개항을 해야 한다는 생각 들을 글로 남겼다.

■ 경남 양산시에 이유원을 기리는 유적비 '영세불망비'가 있다. 영의정 이유원이 덕을 베풀어 주어 양산 고을 백성들이 그 은혜를 입게 되었음을 영원히 기리기 위해 비를 세웠다. 현재 이 비석은 양산시 교동 198-2, 양산향교 정문 풍영루 앞에 있다. 주변에는 유림회관, 양산여자고등학교, 춘추공원이 있다.

영석 이석영 연보

1855년(1세)	서울 명동에서 이조참판 이유승의 둘째 아들로 태어났다.
1885년(31세)	1월 영의정 이유원의 양자가 된다.
	9월 15일 과거 급제(증광별시 문과).
	9월 20일 승정원 정7품 가주서에 임명된다.
1886년(32세)	예문관, 홍문관 검열, 기사관.
1887년(33세)	별검춘추, 전적, 친군해방영의 영사, 동학교수, 부수찬, 부교리.
1888년(34세)	선교관을 거쳐 이조참의, 예조참의, 동부승지가 된다. 9월 5일 양부 영의정 이유승이 별세하여 3년 동안 관직을 쉰다.
1891년(37세)	양부의 3년 상을 치른 후 형조참의, 동부승지, 우부승지, 좌부승지, 참찬관을 지낸다.
1984년(40세)	승지를 지낸다.
1896년(42세)	장남 이규준이 태어났다. 이때부터 남산에 있는 정자 홍엽정을 신학문 학습 장소로 제공한다. 동생 이회영과 이시영을 중심으로 이상설, 이강년, 이동녕 등 지식인들이 모여 애국 청년들을 가르친다.
1897년(43세)	동생 이회영이 이끌어가는 민족운동, 항일운동, 신학문 교육 사업에 자금을 대 준다. 또한 회영이 동지들과 항일운동을 할 수 있

도록 자금 마련을 위해 인삼밭, 제재소 등을 지원해 준다.

1898년(44세) 비서원승에 오른다.

1899년(45세) 친어머니 별세.

1903년(48세) 정3품 중추원의관을 거쳐 종2품 비서승에 오른다.

1904년(49세) 종2품 장예원소경을 지낸다.

1905년(50세) 11월 17일 을사보호조약이 체결되자 관직을 버린다.

1906년(51세) 친아버지 이조판서 이유승 별세.

1910년(55세) 8월 29일 한일합방 발표, 형제들과 망명하여 나라를 찾기로 결의한다. 12월 압록강을 건너 길림성 유하현 삼원포 추가마을로 망명한다.

1911년(56세) 추가마을에 임시청사 마련하고 신흥강습소를 개교한다.

1912년(57세) 길림성 통화현 합니하에 신흥무관학교를 세운다.
차남 이규서 태어났다.

1913년(58세) 환인현 보락보진에 동창학교 분교 노학당을 세운다. 초대 교장은 이호영(막내 동생).
마적단에게 납치되어 5일 만에 풀려난다.
이후 1920년까지 유하현, 매하구시 등에 민족 교육 기관 설립을 지원한다.

1920년(65세) 봉오동, 청산리 전투에서 참패를 당한 일본이 만주 한인들을 대량 학살하는 간도참변이 일어나면서 만주 일대 독립운동가들에 대한 소탕 작전을 벌이자 검거를 피해 신흥무관학교를 한인 단체들에게 넘겨주고 추가마을을 떠난다.

1922년(67세) 봉천을 거쳐 장남 규준이 있는 천진으로 간다.

1926년(71세) 북경 이회영 집으로 들어가 함께 생활한다.

1928년(73세) 장남 규준이 다물단 북경 단장으로 활동하면서 밀정 김달하를 처단하고 일본의 감시를 피해 상해로 간다. 규준이 있는 상해로 찾아갔으나, 규준이 밀정에게 살해당한다.

1933년(78세) 차남 규서가 숙부 이회영을 밀고한다.

1934년(79세) 상해에서 한 많은 망명 생활을 마친다. 유해는 상해 홍차오루 공
동묘지에 묻혔다.

거룩한 길

우당 이회영 연보

1867년 서울 명동에서 이조판서 이유승의 넷째 아들로 태어났다. 이상설과 이웃에서 어린 시절부터 벗이 되어 함께 수학하면서 나라를 위해 의기투합했다.

1887년 20세를 전후하여 남산 홍엽정(이석영 소유의 정자)에서 이상설, 이시영(동생), 이동녕, 양기탁 등 지식인 청년들이 모여 애국청년회를 조직하여 시국을 토론하면서 학습한다.

1890년 홍엽정 애국청년회를 상동교회로 장소를 옮겨 매주 목요일 모임을 가지면서 '상동청년회'라고 이름 지었다. 상동교회는 미국인 선교사 스크랜턴이 남대문 시장통에 세운 교회로 전덕기 목사가 장소를 제공했다. 또한 상동교회에 자비로(이석영이 운영 자금을 댐) 상동학원을 설립하여 학감이 된다. 상동학원에서 신학문을 배우기 위해 전국에서 지식인들이 모여들면서 상동청년회와 상동학원이 독립운동의 모태가 되는 계기를 이루었다.

1905년 을사늑약을 당하자, 이상설, 양기탁, 이시영(동생), 이동녕, 전덕기와 교회에 모여 전국 감리교 청년대표들을 소집하여 조약 파기 운동을 일으켰다.

1906년 상동청년회를 '신민회'로 이름을 바꾸어 장차 일본에 맞설 계획을 세웠다.

1907년 『대한매일신문』 발행인 베델(영국인)의 조언으로 양기탁, 이상재, 조정구 등과 은밀히 헤이그 밀사 파견을 모의하여 고종으로부터 백지 신임장을 받아내고, 이상설을 단장으로 이준, 이위종이 밀사가 임무를 띠고 헤이그로 갔으나 실패했다.

1907년 헤이그 밀사 실패 직후 고종이 강제 퇴위되자, 이상설과 의논하여 해외에 독립군을 양성할 군관학교와 군사 기지를 설립할 계획을 세운다.

1910년 한일병합을 당하자 6형제가 모두 서간도 유하현 삼원포 추가마을로 망명한다.

1912년 봄, 원세개의 도움으로 땅을 사들여 학교를 세운다.(이석영이 학교 부지값과 건축 비용을 댔다.)
6월 17일, 신흥무관학교를 완공하여 개교한다.

1913년 만주에 극심한 가뭄이 들고, 신흥무관학교 2백 명 학생들이 먹고 입고 배우는 것이 모두 무료인 탓에 운영난에 봉착하게 되자 국내로 자금을 구하러 잠입한다.

1918년 고종을 북경으로 망명시키기 위해 거사를 준비하던 중 망명일을 불과 며칠을 앞두고 고종이 사망하여 실패한다.

1919년 만세운동 직후 상해 임시정부 설립을 위한 모임에 참석했다가 지역별로 서로 기선을 잡으려는 다툼을 보고 실망하여 북경으로 가서, 새로운 운동 방향을 모색한다.

1921년 백순을 통해 만주의 김좌진, 홍범도, 신팔균과 연계하여 흩어진 독립군을 모은다. 그리고 만주 군벌 풍옥상 독판의 제안으로 장작림을 제압하기로 한다. 그 조건으로 장가구 포두진에 독립군 군사 기지를 건설할 미개간지 수만 정보를 받기로 한다. 김창숙과 함께 건설 자금을 구하던 중 풍옥상이 오히려 장작림에게 제압당하여 실패하고 만다.

1922년 이정규, 이을규 형제와 유자명 등 아나키스트들을 만난다. 이들은 북경

거룩한 길

대학 노신 교수와 러시아 시인 에루센코의 영향을 받아 공산주의를 배격한 아나키스트 사상에 매료되어 있었다. 신채호와 김창숙도 아나키스트들과 뜻을 함께한다.

1923년 이정규와 중국 아나키스트 진위기와 함께 중국 호남성 동정호 주변 광대한 지역에 이상촌을 건설할 계획을 세웠으나 땅 소유주인 중국인 아나키스트가 죽자 실패한다.

1924년 '재중조선 무정부주의자 연맹'을 결성하고 정의공보를 발간한다. 신흥무관학교 출신들을 모아 '신흥학우단'을 조직한다. 신채호, 김창숙, 유자명, 김원봉 등 아나키스트 동지들과 대대적인 무장 투쟁으로 나가기로 하고 의열단과 다물단을 후원하면서 이끌어간다.

1927년 중국 복건성 천주에 한국 독립운동을 돕는 농민 자위군 운동에 참여해 유자명, 이을규, 이정규 등과 중국의 석학이면서 정계의 거물급인 이석증, 오치휘, 채원배 등의 도움으로 상해에 노동대학을 설립 추진한다.

1929년 김좌진 장군의 사촌동생 김종진을 중심으로 아나키스트 동지들과 김좌진 장군과 연합하여 '재만조선 무정부주의자 연맹'을 결성하고 '재만한족연합회'에 아나키스트 동지들을 투입시켜 북만주를 돕던 중 김좌진 장군이 한족연합회를 방해하려는 공산주의자들로부터 피격당한다. 김종진이 김좌진 장군의 뒤를 이어 한족연합회를 이끌어가게 되고, 한족들이 가장 많은 북만주를 독립운동 총본부로 삼아 자금을 투입하기로 한다. 아나키스트 동지들이 국내로부터 거금의 자금을 들여 오던 중 일본에게 붙잡혀 자금을 몰수당하고 만다.

1930년 자금이 다급해진 젊은 동지들이 중·일 합작 은행을 털어 만든 자금을 가지고 북만으로 가고 선생은 상해로 간다.

1931년 일본이 만주사변을 일으켜 한인들을 무차별 학살하면서 독립운동가들을 색출하기 시작한다. 은행을 털어 북만주로 간 동지들은 공동체 농장을 운영하면서 한족연합회를 활성화시키기에 한창이었으나 일본이 독립운동가 일망타진을 전개하자 상해로 철수한다.

1932년 상해로 철수한 젊은 동지들과 '남화한인연맹'을 결성하고 기관지 『남화통신』을 발행한다. 한편 중국 아나키스트 이석증, 오치휘, 왕아초, 화균실 등과 함께 항일 구국연맹을 만들어 기획, 선전, 연락 행동 등의 부서를 두고 비밀 행동 조직인 '흑색공포단'을 조직한다. 흑색공포단은 천진 부두에서 일본 군수물자를 적재한 일본 기선을 폭파하고 천진의 일본 영사관에 폭탄을 투척해 절반을 파괴한다. 한편 이석증과 오치휘, 왕아초 등은 계속 비용과 무기를 지원하면서 중국 동북부 지역에 새로운 거점을 확보하고 관동군 사령관 무토 대장을 암살하기로 계획한다.

1932년 11월 17일, 다시 이석증 등의 주선으로 만주 군벌 장학량과 연합하기로 한다. 만주를 한인들의 자치지구로 인정받을 수 있도록 중국 정부와 타협하겠다는 반가운 말에 당장 일을 서두른다. 만주에 항일의용군을 결성하고 독립운동 기지를 건설하기 위해 동지들의 만류를 뿌리치고 황포강 수상부두에서 남창호를 타고 대련으로 향한다. 그러나 대련에 내리자마자 체포되어 여순 감옥에서 고문치사로 순국한다. 향년 65세.

거룩한 길

푸른사상 소설선

1 백 년 동안의 침묵 | 박정선 (2012 문광부 우수교양도서)
2 눈빛 | 김제철 (2012 문학나눔 도서)
3 아네모네 피쉬 | 황영경
4 바우덕이전 | 유시연
5 당신은 왜 그렇게 멀리 달아났습니까? | 박정규
6 동해 아리랑 | 박정선
7 그래, 낙타를 사자 | 김민효
8 드므 | 김경해
9 은빛 지렁이 | 김설원
10 청춘예찬 시대는 끝났다 | 박정선 (2015 우수출판콘텐츠 선정도서)
11 오동나무 꽃 진 자리 | 김인배
12 달의 호수 | 유시연 (2016 세종도서 문학나눔)
13 어쩌면, 진심입니다 | 심아진
14 흐릿한 하늘의 해 | 서용좌 (2017 PEN문학상)
15 붉은 열매 | 우한용
16 토끼전 2020 | 박덕규
17 박쥐우산 | 박은경 (2018 문학나눔 도서)
18 우아한 사생활 | 노은희
19 잔혹한 선물 | 도명학 (2018 문학나눔 도서)
20 하늘 아래 첫 서점 | 이덕화
21 용서 | 박 도 (2018 문학나눔 도서)
22 아무도, 그가 살아 돌아오리라고 기대하지 않았다 | 우한용
23 리만의 기하학 | 권보경 (2019 문학나눔 도서)
24 짙은 회색의 새 이름을 천천히 | 김동숙
25 수상한 나무 | 우한용 (2020 세종도서 교양)
26 히포가 말씀하시길 | 이근자
27 푸른 고양이 | 송지은
28 다시, 100병동 | 노은희
29 오늘의 기분 | 심영의
30 가라앉는 마을 | 백정희
31 퍼즐 | 강대선
32 바람이 불어오는 날 | 김미수
33 사설 우체국 | 한승주 (2022 문학나눔 도서)
34 소리 숲 | 우한용 (2022 PEN문학상)
35 나는 포기할 권리가 있다 | 채 정
36 꽃들은 말이 없다 | 박정선
37 백 년의 민들레 | 전혜성
38 기억의 바깥 | 김민혜
39 마릴린 먼로가 좋아 | 이찬옥
40 누가 세바스찬을 쏘았는가 | 노 원
41 붉은 무덤 | 김희원
42 럭키, 스트라이크 | 이 청 (2023 세종도서 교양)
43 들리지 않는 소리 | 이충옥
44 엄마의 정원 | 배명희
45 열세 번째 사도 | 김영현 (2023 문학나눔 도서)
46 참 좋은 시간이었어요 | 엄현주
47 걸똘마니들 | 김경숙
48 매머드 잡는 남자 | 이길환
49 붉은배새매의 계절 | 김옥성
50 푸른 낙엽 | 김유경
51 그녀들의 거짓말 | 이도원
52 그가 나에게로 왔다 | 이덕화
53 소설의 유령 | 이 진
54 나는 죽어가고 있다 | 오현석
55 오이와 바이올린 | 박숙희